Lilly Block

Twee Hannen vull Erotik

Lilly Block

Twee Hannen vull Erotik

Bibliografische Information der Deutschen Nationalbibliothek: Die Deutsche Nationalbibliothek verzeichnet diese Publikation in der Deutschen Nationalbibliografie; detaillierte bibliografische Daten sind im Internet über www.dnb.de abrufbar.

ISBN   978-3-7481-7135-5
© Lilly Block 2019

Herstellung und Verlag:
BoD – Books on Demand, Norderstedt

Covergestaltung:
Lilly Block mit BOD Easy Cover

Foto: privat

Inhalt

Opwaarmen

Eenfach blots an´t Meer sitten, das Striegeln vunne Wind und vun dien Hannen op mien nackelte Huut spören …

Di striegeln un küssen …. överall. Dat Salt op Dien Huut smecken. Un nachts mit Di in`t Watertinkeln swimmen.

Aufwärmen

Einfach nur am Meer sitzen, das Streicheln des Windes und Deiner Hände auf meiner nackten Haut spüren ...

Dich streicheln und küssen ... überall. Das Salz auf Deiner Haut schmecken. Und nachts mit Dir im Meeresleuchten schwimmen.

1 – Huusarbeid

Dat weer een vun de hittsten Dage in't Johr. Viktoria weer an't Sweten bi de Husarbeid. Se mokte dat Eeten un weer nervös. Nix dors scheef gahn: Hendrik wull ehr besöken, nadem se sik tein Johr lang ni mehr sehn harrn. Na lange Tied in't Utland weer he in de Neegde. He harr se kortum anropen.

Se harrn vör sien Verswinnen ein korte, heftige Verbinnung hat. De Sex weer de beste, de Viktoria jümmers hat harr in ehr Leven. All de Leevsten dorna har se mit Hendrik vergleken. Keen een Mann kunn em dat Water langen. Blots denn weer he mitmal verswunnen un gung ni mehr an't Telefon. Poor Maanden later kreech Viktoria een Ansichtskoort ut Kanada, mit de Hendrik mitdeelte, dat he sien Droomjob funnen har. Op de Kort weer keen Adress oder Telefonnummer. So har he sik eenfach afmeldt ut Viktorias Leven. He harr ehr dormit bös wehdahn un dat duurde lang, bet se sik werr verhalt harr. Di Narven op ehr Seel har se noch jümmers. Binah dee ehr dat leed, dat se ja segt hett to een Drapen mit em un to al Överleid Hendrik ok noch to een Eeten na ehr inladet harr.

De Plünnen backten ehr op't Liev. Een dösiget Geföhl. Dat Kieken no de Klock seed Viktoria, dat se noch riekli Tied för ehr Tostellen harr.

1 – Hausarbeit

Es war einer der heißesten Tage des Jahres. Viktoria schwitzte bei der Hausarbeit. Sie bereitete das Essen vor und war nervös, nichts durfte schief gehen: Hendrik wollte sie besuchen, nachdem sie sich zehn Jahre lang nicht mehr gesehen hatten. Nach einem langen Auslandsaufenthalt war er in ihrer Nähe, hatte sie spontan angerufen.

Sie hatten vor seinem Verschwinden eine kurze heftige Liaison gehabt. Der Sex war der beste, den Viktoria in ihrem Leben je gehabt hatte. Alle nachfolgenden Liebhaber hatte sie mit Hendrik verglichen, niemand konnte ihm das Wasser reichen. Doch dann war er plötzlich verschwunden, ging nicht mehr ans Telefon. Monate später bekam Viktoria eine Ansichtskarte aus Kanada, auf der Hendrik ihr mitteilte, dass er seinen Traumjob gefunden habe. Die Karte enthielt keine Adresse oder Telefonnummer. So hatte er sich einfach aus Viktorias Leben abgemeldet. Er hatte ihr damit sehr weh getan und es dauerte lange, bis sie sich erholt hatte. Die Narben auf ihrer Seele trug sie noch immer. Fast bereute sie, dass sie einem Treffen zugestimmt und Hendrik zu allem Überfluss noch zu sich zum Essen eingeladen hatte.

Die Kleidung klebte an ihrem Körper. Ein unangenehmes Gefühl. Ein Blick zur Uhr sagte Viktoria, dass ihr noch ausreichend Zeit für die Vorbereitungen blieb.

As eestes müss se de dörswedte Plünnen los warrn un duschen. Se gung in de Badestuv un bekeek sik inne Speegel. Wor se noch smuck nuch ween för Hendrik? Mithenn haar Viktoria eenige Punnen tolecht, siet he ehr toletzt sehn harr. Wull se överhaupt noch, dat he se smuck fun?

De kohle Dusche deed ehr good. Se truck een Top un een korte Wickelrock an. Ni jüst dat passende Ankleeden för een Date, awers för das Warkeln in de Kök wor dat langen. Se wull sik laterhen ümtrecken. Op Tittholler un Ünnerbüx kun se verzichten. Wedder ankomen wer´r in de Kök, mokte Viktoria de Terrassendöör na de Garn op und fung an mit dat Tostellen vun de Salot. Dorbi makten sich ehr Gedanken selbstänni. Se dach an dat eerste Ficheln mit Hendrik.

Dat weer de hitteste Dag fun't Johr ween. Se wulln tosamen een Projekt inne Gang setten, seten stünnenlang in Hen- drik sien Büro. De annern Kollegen weern al lang no Hus. De Luff knisterde vun Erotik, man keen een truute sik, de erste Schritt to maken. Jichtenswann sä Hendrik to ehr:

„Viktoria, du schusst man de Knoop an dien Bluus tomaken. So mut ik di jümmersto in de Utschnitt kieken."

„Do dat doch", sä Viktoria un makte ehr Bluus noch wieder op.

Zunächst musste sie die durchgeschwitzten Klamotten loswerden und duschen. Sie ging ins Bad und betrachtete sich im Spiegel. Würde Hendrik sie noch attraktiv finden? Schließlich hatte Victoria einige Kilo zugelegt, seit sie sich zuletzt gesehen hatten. Wollte sie eigentlich noch, dass er sie attraktiv fand?

Die kühle Dusche tat ihr gut. Sie zog ein Top und einen kurzen Wickelrock an. Nicht die passende Kleidung für ein Date, aber für das Werkeln in der Küche würde es reichen. Sie würde sich später umziehen. Auf BH und Slip verzichtete sie. Wieder in der Küche angekommen, öffnete Viktoria die Terrassentür zum Garten und begann den Salat vorzubereiten. Dabei machten sich ihre Gedanken selbstständig. Sie dachte an den ersten Sex mit Hendrik.

Es war einer der heißen Tage des Jahres gewesen. Sie wollten gemeinsam ein Projekt vorbereiten, hockten stundenlang allein in Hendriks Büro. Die anderen Kollegen waren längst gegangen. Die Luft knisterte vor Erotik, doch keiner traute sich, den ersten Schritt zu machen. Irgendwann sagte Hendrik zu ihr:

„Viktoria, du solltest den Knopf an Deiner Bluse zumachen. So muss ich dir ständig in den Ausschnitt sehen."

„Tu es doch!" sagte Viktoria und öffnete ihre Bluse noch weiter.

Dormit geev dat keen Holen mehr. Stüürloos fullen se över'n anner her: Oppe Schrievdisch, oppe Grund, in Stahn anne Wand vun dat Büro. Kaffeetassen un Waterglöös fullen um, man se ignoreerten dat. Erst na Stünnen leten se tofreden vun anner af. As Viktoria vun de Schrievdisch hochkeem, klevte dat Formular mit de möhsom utarbeitde Förderandrach op ehr Rüch ganz und gor intwei. Dat wor ein wunnerbore Summer mit Sex an de dösigste Steden, bit Hendrick mit eenmal ut ehr Leven verschwunn.

Noch dree Stünnen – denn wuur Viktoria em wedder sehn. Se markte dat Natten mank ehr Been, as se an em dachte. Se weer praat un opreecht as al lang ni mehr. Mit Mal spörte se Hänne op ehr Hüften und en bekannte Stimm flüsterte ehr in`t Ohr:

„Du hest noch jümmers een geile Achtersen! Und ich mark, dat Du scharp büst. Du drüppst vor Natten."

Hendrik! Viktoria harr sein Komen ni hört. He weer een poor Stünnen to fröh. He dreihte se um, so dat se em ankieken kunn. He har sik meist gor ni verännert. Un Viktoria markte, dat he jüst so scharp weer as se. Dütli weer sien piel hoch stahnde Spoßmoker in sien Büx to sehn.

He smusterte se an. Sien Hand güng ünner ehr Rock, streek fragend hoch an ehr Böverschenkel un harr de fochtige Grotte gau to faat.

Damit gab es kein Halten mehr: Hemmungslos fielen sie übereinander her: auf dem Schreibtisch, auf dem Boden, stehend an die Wand des Büros gelehnt. Kaffeetassen und Wassergläser kippten um, doch sie ignorierten es. Erst nach Stunden ließen sie befriedigt voneinander ab. Als Viktoria sich vom Schreibtisch erhob, klebte das Formular mit dem mühsam erarbeiten Fördermittelantrag auf ihren Rücken – völlig zerstört. Es wurde ein wunderbarer Sommer mit Sex an den ungewöhnlichsten Orten, bis Hendrik überraschend aus ihrem Leben verschwand.

Noch drei Stunden – dann würde Viktoria ihn wiedersehen. Sie spürte die Nässe zwischen ihren Schenkeln, als sie an ihn dachte. Sie war bereit, erregt wie schon lange nicht mehr. Plötzlich spürte sie Hände auf ihren Hüften und eine bekannte Stimme flüsterte ihr ins Ohr:

„Du hast noch immer einen geilen Arsch! Und ich rieche, wie scharf du bist. Du tropfst vor Nässe."

Hendrik! Viktoria hatte ihn nicht kommen gehört. Er war einige Stunden zu früh. Er drehte sie um, so dass sie ihn anschauen konnte. Er hatte sich kaum verändert. Und Viktoria bemerkte, er war ebenso scharf wie sie. Deutlich zeichnete sich sein aufgerichteter Penis in der engen Hose ab.

Er lächelte sie an. Seine Hand ging unter ihren Rock, strich fragend an ihrem Oberschenkel hoch und hatte die feuchte Grotte schnell erreicht.

As een Finger anfung, se uttoforschen, kunn sik ni mehr Viktorias betähmen. Gau knöptde se sien Büx op, makte sien Knüppel frie un bööchte sik vör, to em mit de Mund to verwöhnen.

Hendrik leet dat ni dorto komen, böhrte Viktoria hoch un setde ehr op den Kökendisch. Denn keem he mit een eenzige kräftige Stött rin in ehr. Viktoria wull protesteern, man ehr Liev reageerte sofort in de wentde Ort op Hendrik as weer he nie wech ween. Se geev ehr Afwehr op, geev sik em hen un genot dat. Na wenige Minuten har se en gewaltige Orgasmus. Keen anner Mann haar ehr sowat inne vergangen Johr beeden kunnt. Viktoria schreechte luud op, spannte ehr Beckenmuskeln an. In disse Moment stöhntde Hendrik op und se spörte, wie he sik in ehr utgot.

Na'n Tied maakte se de Ogen op. Hendrik smusterte ehr an.

„Dorvun heff ik bi de ganze Fleegertour dröhmt. Mi dünkt, du hest mi jüst so vermisst, as ik di."

Viktoria smusterte veel seggend. Hendrik trock ehr dat Top ut un keek bewunnernd op ehr Bossen.

„Un nu, nadem wi beide de slimmste Druck los sünd, warr ik dien Liev wiederhenn geneeten un mi vun di verwöhnen laten, wenn du dat wullt…"

Als ein Finger begann, sie zu erforschen, war es um Viktorias Beherrschung geschehen. Schnell öffnete sie seine Hose, befreite seinen Stab und beugte sich vor, um ihn mit dem Mund zu verwöhnen.

Hendrik ließ es nicht dazu kommen, hob Viktoria hoch und setzte sie auf den Küchentisch. Dann drang er mit einem einzigen kräftigen Stoß in sie ein. Viktoria wollte protestieren, doch ihr Körper reagierte sofort in der gewohnten Weise auf Hendrik, als sei er nie weg gewesen. Sie gab ihren Widerstand auf, gab sich ihm hin und genoss. Nach wenigen Minuten hatte sie einen überwältigenden Orgasmus. Kein anderer Mann hatte ihr so etwas in den vergangenen Jahren bieten können. Viktoria schrie laut auf, spannte ihre Beckenmuskeln an. In diesem Moment stöhnte Hendrik auf und sie spürte, wie er sich in sie ergoss.

Nach einiger Zeit öffnete sie die Augen. Hendrik lächelte sie an.

„Davon hab ich den ganzen Flug lang geträumt. Mir scheint, du hast mich genauso vermisst, wie ich dich."

Viktoria lächelte vielsagend. Hendrik zog ihr das Top aus, schaute ihren Busen bewundernd an.

„Und nachdem wir beide erstmal den schlimmsten Druck los sind, werde ich Deinen Körper nun weiter genießen und mich von dir verwöhnen lassen, wenn Du es willst …"

2 – Bilööper

Sarah wokte op. Al werr een vun disse langwieligen, schien bor unendli lange Sünnavendnameddage. Se weer över ehr Book inslapen un harr vun Eric dröömt. Eric – de Garantie för gude Sex. Un denn weer he een Mann för amüsante Seel schop ween. Öwerraschend weer he in ehr Leven intreden un se harrn een gude Tied hat. Unglücklicherwies weer je jüst so överrasched werr verswunnen. Se wuss nich, wat ehr mehr fehlte, de Sex oder dat Snacken mitnanner.

Veel to fröh weer se ut ehr Droom opwaakt. Nu överlechte se, wie se de Avend tobringen sull. Sarah harr Luss op Ficheln. Blots wo wör se de passende Mann finnen? In´t Kino bestimmt ni, obwull se een nie Film nieschirig mokte. Utgahn mit ehr Fründin Kate?

Dat klingete an de Döör. Sarah kreech de Bost frie. Kate wor ehr vunavend wull de Entscheedung afnehmen. As Sarah de Döör opmokte, glööwte se, se wor dröhmen. Ehr Knee worn week, denn Eric stunn vör de Döör. Dat kunn ni wohr ween! He kreech ´n rode Kopp.

„Ähm, hallo… Ik weet ni, wodenni ik anfangen schall. Ik bruuk Dien Hölp."

Sarah keek em verbiestert an.

„Dörf ik rinkamen?"

„Kloor!"

18

2 – Begleiter

Sarah erwachte. Wieder einer dieser langweiligen, scheinbar unendlich langen Samstagnachmittage. Sie war über ihrem Buch eingeschlafen und hatte von Eric geträumt. Eric – der Inbegriff von gutem Sex. Außerdem war er ein amüsanter Gesellschafter gewesen. Überraschend war er in ihr Leben getreten und sie hatten eine gute Zeit gehabt. Leider war er ebenso überraschend wieder verschwunden. Sie wusste nicht, was ihr mehr fehlte, der Sex oder die Gespräche.

Viel zu früh war sie aus ihrem Traum erwacht. Nun überlegte sie, wie sie den Abend verbringen solle. Sarah hatte Lust auf Sex. Doch wo würde sie den passenden Mann finden? Im Kino bestimmt nicht, obwohl sie der neue Film lockte. Ausgehen mit ihrer Freundin Kate?

Es klingelte an der Tür. Sarah atmete auf. Kate würde ihr heute Abend wohl die Entscheidung abnehmen. Als Sarah die Tür öffnete, glaubte sie zu träumen. Ihre Knie wurden weich, denn Eric stand vor der Tür. Das konnte nicht wirklich sein! Er wurde rot.

„Ähm, hallo … Ich weiß nicht, wo ich anfangen soll. Ich brauche Deine Hilfe."

Sarah schaute ihn erstaunt an.

„Darf ich reinkommen?"

„Klar!"

Ganz övertücht klung Sarah nich.

„Ik beed Di, sech mit dat, wenn Di dat toveel ward. Hest Du hüüt Avend al wat plant?"

Sarah schüttkoppte.

„Hest Du Luss mit mi un een anner Kirl eten to gahn? Kloor büst Du inlaadt."

„Wat meenst Du? Ik verstah Di ni."

Wie´t schient harr Eric sien Gedanken nu werr binanner.

„Deit mi leed, dat ik so dör de Wind bün. Also: Ik heff hüüt Avend een Eeten mit een Kunn. Un dor harr ik gern een Fruu dorbi wiel dat de Atmosphäre denn veel entspannter is. Min tokünftige Kunn süht dat ok so. Ik beed Di, vertruu mi, wat ok ümmer passern ward."

Bi de letzte Satz mokte Sarah spitze Ohrn, avers se weer ok nieschirig. Se sä ja.

„Wat schall ik antrecken. Ik bün op so'n Saak ni inricht. Laat uns mol tosammen in min Kleederschapp kieken."

Eric griente un heel ehr een Inkoopstut unner de Nees. „Is doch jümmers so, dat Fruunslüüd nie weten, wat se antrecken süllt. Ik heff al mol för Di inköfft un hop, dat sik Dien Kledergrötte ni ännert hett."

Ganz überzeugt klang Sarah nicht.

„Wenn es Dir zuviel wird, sag es mir bitte. Hast Du heute Abend schon was vor?"

Sarah schüttelte den Kopf.

„Hast Du Lust mit mir und einem anderen Mann essen zu gehen? Du bist selbstverständlich eingeladen."

„Was meinst Du? Ich verstehe Dich nicht."

Nun schien Eric seine Gedanken wieder geordnet zu haben.

„Entschuldige, dass ich so konfus bin. Also: Ich habe heute Abend ein Geschäftsessen. Und da hätte ich gern eine Frau dabei, weil die Atmosphäre dann entspannter ist. Mein potentieller Kunde sieht das genauso. Bitte vertrau mir, was auch immer geschehen wird."

Der letzte Satz ließ Sarah aufhorchen, aber er machte sie auch neugierig. Sie stimmte zu.

„Was soll ich anziehen? Ich bin auf so ein Ereignis nicht eingerichtet. Lass uns mal zusammen in meinen Kleiderschrank schauen."

Eric grinste und hielt ihr eine Einkaufstüte vor die Nase. „Ist doch immer so, dass Frauen nicht wissen, was sie anziehen sollen. Ich hab schon mal für Dich eingekauft und hoffe, dass Deine Kleidergröße sich nicht geändert hat."

Sarah överlechte, ob se sik freun oder em rutsmieten schull. Dor siechtde ehr Nieschier. Se holte de Plünnen ut de Tasch: Rode Dessous, swatte Strümp ohne Halter, een swatte Blus mit een teemli deepe Utsnitt. Un dorto een korte enge Rock.

„Meenst Du dat irns? Du hest wat vun enn Eeten mit een Kunn vertellt."

„Ja, also… Wie schall ik Di dat verkloorn. De Mann, de ik hüüt dropen wüll, mach smucke Frunnslüüd. Un wenn he Di beluurt is he wohrschienli aflenkt un ik kann beter uthanneln. Wolang bruukst Du beet Du duscht un antroken büst?"

Sarah wunnerte sik över sik sülm. Egens harr se Eric een anne Back geven oder rutsmieten sullt. Over se nehm dat Tüüch un verswunn brav ohne irgendeen Kommentar inne Bodestuv. Ümmerhen wor se wat beleven, ohne dat se wieder över dat Utklamüstern von ehr Avendprogramm nadenken muss. Jümmers blots mit ehr Fründin utgahn, weer op Duur doch langwieli. Na denn, wenn se al mit twee Männers ünnerwegens weer, wull se ok goot utsehn. Na dat Duschen sminkte se sik passend to ehr Outfit.

Eric strohlte Sarah an, as se werr na em keem un drückte ehr een Glas Prosecco inne Hand. Sarah registreerte kort, dat he de wull mitbrocht hemm muss.

Sarah überlegte, ob sie sich freuen oder ihn rauswerfen sollte. Dann siegte die Neugier. Sie holte die Sachen aus der Tasche: rote Dessous, halterlose schwarze Strümpfe, eine schwarze Bluse mit einem sehr tiefen Ausschnitt und dazu ein kurzer enger Rock.

„Ist das Dein Ernst? Du sprachst von einem Geschäftsessen!"

„Ja, also … Wie soll ich es sagen? Der Mann, den ich heute treffe, mag attraktive Frauen. Und wenn er dich anschaut, ist er wahrscheinlich abgelenkt und mir fällt das Verhandeln leichter. Wie lange brauchst Du, bis Du geduscht und angezogen bist?"

Sarah wunderte sich über sich selbst. Eigentlich hätte sie Eric ohrfeigen und rauswerfen sollen, aber sie nahm die Sachen und verschwand brav ohne irgendeinen Kommentar im Badezimmer. Immerhin würde sie etwas erleben, ohne weiter über die Gestaltung ihres Abendprogramms nachdenken zu müssen. Immer nur mit ihrer Freundin ausgehen war schließlich auch langweilig. Nun denn, wenn sie schon mit zwei Männern unterwegs war, wollte sie auch gut aussehen. Nach dem Duschen schminkte sie sich passend zum neuen Outfit.

Eric strahlte Sarah an, als sie wieder zu ihm kam und drückte ihr ein Glas Prosecco in die Hand. Sarah registrierte kurz, dass er den wohl mitgebracht haben müsste.

Woso harr disse Mann alns so perfekt organiseert un so opwännige Vorbereitungen makt? Eric smusterte se an un börte sein Glas:

„Op een düchtige Avend!"

Sarah rangelte mit ehr Sülmstbeherrschung. Eric harr eenfach een gewaltige Utstrahlung. Am leevsten harr se em sofort in't Slopstuv inspart, ansteed mit em un een Fremme to eten to gahn. Wohrschienli stunn ehr dat as mit Loopschrift twars öwer de Bless schreven. Nadem se ehr Glas leddig harr, weer se lockerer un enspannte sik. Villich geev dat later an de Avend noch een Gelegenheit. Eric keek na de Klock.

„Tied to gahn. Büst Du praat?"

Sarah nickkoppte blots. Wat keem nu op se to? Hoffentli wurr dat ni een vun disse gräsig eentönige Avende, bi de de Fruu blots as smucket Biewark dor weer und ansunsten de Snuut holen schull.

Se weern an sees Teel ankomen un Sarah weer verbaast. Dat weer de Nobelitaliener vun de Stadt. Eric muss wie't schient middewiel gut verdeenen, wenn he sik dat leisten kunn, siene Kunnen hierher intoladen. De Kellner föhrte se na een Eck, de vun de meisten Plätze ni sehn warrn kunn un wo de Mann, mit de se verafredet weern al tööwte. Sien Blick gung bewunnernd öwer Sarah's Liev. To'n Glück weer he smuck antosehn.

Wieso hatte dieser Mann alles so perfekt organisiert und so aufwändige Vorbereitungen getroffen? Eric lächelte sie an und hob sein Glas.

„Auf einen erfolgreichen Abend!"

Sarah kämpfte mit ihrer Selbstbeherrschung. Eric hatte einfach eine unheimliche Ausstrahlung. Am liebsten hätte sie ihn sofort in ihr Schlafzimmer gesperrt, statt mit ihm und einem Fremden essen zu gehen. Wahrscheinlich stand es ihr wie in Laufschrift quer über die Stirn geschrieben. Nachdem sie ihr Glas geleert hatte wurde sie lockerer und entspannte sich. Vielleicht fand sich später am Abend noch eine Gelegenheit. Eric schaute auf die Uhr.

„Es ist Zeit zu gehen. Bist Du bereit?"

Sarah nickte nur. Was würde sie jetzt erwarten? Hoffentlich wurde es nicht einer dieser grässlich langweiligen Abende, bei der eine gutaussehende Frau nur als schmückendes Beiwerk dienen und ansonsten den Mund halten sollte.

Sie hatten ihr Ziel erreicht und Sarah staunte. Es war der Nobelitaliener der Stadt. Eric musste inzwischen gut verdienen, wenn er es sich leisten konnte, seine Kunden hierher einzuladen. Der Kellner führte sie zu einer von den meisten Plätzen nicht einsehbaren Nische, wo der Mann, mit dem sie verabredet waren, schon wartete. Sein Blick wanderte bewundernd über Sarahs Körper. Zum Glück war er nicht unattraktiv.

Bi dat Vorstelln muss sik Sarah dat Gniggern verkniepen. Sien Naam weer Arnold un he harr mit sien berühmte Namensvetter nix gemeen: Buukansatz staats vun Sixpacks.

Bito dat Eeten leet Sarah dat anreechte Gespreek an sik vörbi swallern. Se konzentreerte sik op dat gute Eeten un de beste Wien, genot dat un dröhmte dorvun, de Nach mit Eric totobringen. De Tied de leep as bi't Fleegen. Överrascht markte se, dat Arnold för se al betohlte. Schode, dat de Avend al toenn ween sull. Wie kunn se dat blots noch schaffen, Eric to verföhrn?

Se gungen rut ut't Restaurant, ohne sik von Arnold to verafscheeden. Ohne wat to seggen föhrte Eric Sarah no sien Auto. Harr se wat verkehrt maakt? He fohrte los awers ni in Richtung vun ehr Wohnung.

„Wonehm fohrn wi henn ?"

„Oh, deit mi leed. Wie´t schient weerst Du so in dien Drohmwelt versackt, dat Du gor nu mitkreegen hest, dat wi mit de Hannel in Arnolds Büro wiedermoken. Much to gern weten wovun Du dröömt hest."

Eric griente un Sarah kreech een rode Kopp. He harr ehr faatkriegen. Korte Tied later helen se vör een Gebüüde in een Industriegebiet.

Arnold tööwte al mit Knallkööm, as se in sien Büro keemen. Wie't schient weer he alleen.

Bei der Vorstellung musste sich Sarah das Kichern allerdings verkneifen. Sein Name war Arnold und er hatte mit seinem berühmten Namensvetter nichts gemeinsam: Bauchansatz statt Sixpacks.

Bito dat Eeten leet Sarah dat anreechte Gespreek an sik vörbi swallern. Se konzentreerte sik op dat gute Eeten un de beste Wien, genot dat un dröhmte dorvun, de Nach mit Eric totobringen. De Tied de leep as bi't Fleegen. Överrascht markte se, dat Arnold för se al betohlte. Schode, dat de Avend al toenn ween sull. Wie kunn se dat blots noch schaffen, Eric to verföhrn?

Sie verließen das Restaurant, ohne sich von Arnold zu verabschieden. Eric führte Sarah wortlos zu seinem Auto. Hatte sie etwas falsch gemacht? Er fuhr los, aber nicht in Richtung ihrer Wohnung.

„Wohin fahren wir?"

„Oh, entschuldige. Scheinbar warst Du so in Deine Traumwelt vertieft, dass Du gar nicht mitbekommen hast, dass wir die Verhandlungen in Arnolds Büro fortsetzen. Möchte zu gern wissen, wovon Du geträumt hast."

Eric grinste und Sarah errötete. Sie fühlte sich ertappt. Kurze Zeit später hielten sie vor einem Gebäude in einem Industriegebiet.

Arnold erwartete sie schon mit Sekt, als sie sein Büro betraten. Er schien allein zu sein.

Sarah föhlte een sünnerbore Spannung un weer dankbor för de Knallkööm, de se na een poor Sluuk werr wat lockerer mokte. Worum gung dat in disse Verhandlungen överhaupt? Se markte, dat Arnold Blick deep in de Utsnitt vun ehr Blus rin gung.

Wie't schient, markte Eric ehr Fladdern un suusterte ehr in't Ohr: „Vertruu op mi!"

Sarah keek na Arnold un seech sien Opregen ganz dütli. Sien Büx harr een Buul. Eric keek ehr Blick achternah un smusterte se an. Denn gung he röver na Arnold.

„Ik meen, wi schulln mit unse Klöönsnack nevenan wiedermaken. Sarah kann laater dorto komen. De Knallkööm laaten wi Di hier, min Söten. Man besupp Di ni to dull."

De Beiden gungen rut ut de Ruum. Sarah fraagde sik, wat disse Avend noch bringen wör. Na meist tein Minuten keem Eric ut de Ruum nevenan trüch.

„Nu bruuken wi Dien Sellschop weer."

Sarah gung em achterna. Wat keem nu op se to? Harr Arnold sik werr beruhigt? As se rinkeem na de Ruum blev se överrascht stahn. An meist all Wannen vun de Stuv weern Speegels. In de Meern weer een gewaltig grooted Bett. Dorneben seet Arnold op een Stohl. He weer ganz un gor nakelt, Arms un Been an de Stohl fastbunnen.

„Kaam, min Leevste, wi wöhn de Avend wieder geneeten.

Sarah fühlte eine merkwürdige Spannung, war dankbar für den Sekt, der sie nach einigen Schlucken wieder lockerer machte. Worum ging es bei diesen Verhandlungen eigentlich? Sie merkte, dass Arnolds Blick in den Ausschnitt ihrer Bluse versunken war.

Eric schien ihre Nervosität zu bemerken. Er beugte sich zu ihr und flüsterte ihr ins Ohr: „Vertrau mir!"

Sarah schaute zu Arnold und sah, wie sich seine Erregung deutlich abzeichnete. Seine Hose war ausgebeult. Eric folgte ihrem Blick und lächelte sie an. Dann ging er zu Arnold hinüber.

„Ich denke, wir sollten unsere Unterhaltung nebenan fortsetzen. Sarah kann später wieder hinzukommen. Den Sekt lassen wir dir hier, Schatz. Aber betrink Dich bitte nicht zu sehr."

Die beiden verließen den Raum. Sarah fragte sich, was dieser Abend noch bringen würde. Nach etwa zehn Minuten kam Eric aus dem Nebenraum zurück.

„Nun brauchen wir Deine Gesellschaft wieder."

Sarah folgte ihm. Was würde sie nun erwarten? Hatte Arnold sich wieder beruhigt? Beim Betreten des Raums blieb sie überrascht sehen: An fast allen Wänden des Raumes befanden sich Spiegel. In der Mitte des Raums befand sich ein riesiges Bett. Daneben saß Arnold auf einem Stuhl. Er war völlig nackt, Arme und Beine an den Stuhl gefesselt.

„Komm meine Liebe, wir wollen den Abend weiter genießen.

Arni weer eisch, dorum mutt he tokieken."

Sarah harr meist luud lacht, man Eric weer gauer. He trock se in sien Arm un mokte ehr de Mund dicht mit een lange, deechte Kuss. Liekers se sik lang ni mehr sehn harrn, reageerte ehr Liev sofort op em. Se vergeet de dösige Situation un de Tokiecker. Se wull Erics Liev – enerlei wo un wodenni.

Eric leet sik Tied, küsste ehr nu sinniger. Sien Hannen gungen ünner de Rock, striegelten ehr Po. Dorbi dreihte he ehr so, dat Arnold se sehn kunn. Sarah seech em ni mehr. Blots se un Eric schienten in disse Stüv to ween.

Nu worrn Erics Küsse duller. Sin Hannen gungen na Sarahs Bost. He kneep se sinni, denn drückte he duller, reev ehr Knööp. Sarah stöhnte, wull sik uttrecken, sien Liev sofort spören.

„Sinni! Wi wöhn Anold noch wiesen, wo smuck Du büst. Treck de Rock un de Blus ut."

Sarah hörte op em. Eric föhrte se werr so neech an Arnold, dat he ehrn Liev gut sehn kunn. Arnolds Pielermann stunn piel in de Höchde. Eric lachte liesen un fung an, Sarah överall to striegeln. Denn böchde he sik daal na ehr un deckte ehr ganze Liev mit Küsse af. Se hörte, wie Arnold liesen stöhnte. Dat makte ehr mall.

Und Arni war nicht artig, deshalb muss er zuschauen."

Sarah hätte fast laut gelacht, doch Eric war schneller. Er zog sie in seine Arme und verschloss ihr den Mund mit einem langen, fordernden Kuss. Obwohl sie sich lange nicht mehr gesehen hatten, reagierte ihr Körper sofort auf ihn. Sie vergaß die absurde Situation und den Zuschauer. Sie wollte Erics Körper – egal wo und wie.

Eric ließ sich Zeit, küsste sie nun sanfter. Seine Hände wanderten unter ihren Rock, streichelten ihren Po. Dabei drehte er sie so, dass Arnold sie sehen konnte. Sarah bemerkte ihn nicht mehr. Nur sie und Eric schienen sich in diesem Raum zu befinden.

Nun wurden Erics Küsse wieder fordernder. Seine Hände wanderten zu Sarahs Brüsten. Erst neckte er sie sanft, dann drückte er fester, rieb ihre Nippel. Sarah stöhnte, wollte sich ausziehen, seinen Körper sofort spüren.

„Langsam! Wir wollen Arnold noch zeigen, wie schön du bist. Zieh den Rock und die Bluse aus!"

Sarah gehorchte. Eric führte sie wieder so weit in Arnolds Nähe, dass er ihren Körper gut sehen, aber nicht berühren konnte. Arnolds Schwanz war hoch aufgerichtet. Eric lachte leise und begann, Sarah überall zu streicheln. Dann beugte er sich zu ihr und bedeckte ihren ganzen Körper mit Küssen. Sie hörte, wie Arnold leise stöhnte. Es erregte sie.

Eric schov se vun sik wech, un dreihte Sarah so, dat se Arnold ansehn kunn.

„Wies em Dien wunnerbore Liev, striegel Di", runte he ehr in't Ohr.

Sarah danzte vör em, striegelte sik. Arnolds Opregen steech an, jüst as bi ehr. Dat Spillwark makte ehr Spoß. Na een Tied lang spörte se Erics Hannen. He trock ehr an sik ran un se spörte dat he nakelt weer. Sien harte Pint drückte op ehr Rüch. Sarah stöhnte. Se wull mehr.

„Treck Dien lüttje Ünnerbüx ut!"

Wiel dat se dee wat he verlangte, trock he ehr Tittholler ut un fatde ehr Bost mit beide Hannen. Sarah und Arnold stöhnten binah toglieks op. Sinnig trock Eric se op dat Bett. Se leech oppe Rüch un he heel ehr Arms fast wiel dat he an ehr Nippels knabberte un suuchte. As he düchtig beet, schreech se vör Jieper op. In disse Moment keem he in se rin. Sutje un togliek deep stötde he to. Na weni Stötten weer dat passeert. Sarah harr dat Geföhl, de dullste Orgasmus vun ehr Leven to kriegen. Luut schreech se op, klammerte sik an sien Rüch. Kott dorna spörte se, wie Eric sien hitte Saft in se utsprütte. Dorna bleven se beide noch een Stoot innanner verslungen lingen.

De Stimm von Arnold holte se werr inne Realität trüch.

Eric schob sie von sich weg und drehte Sarah so, dass sie Arnold ansehen konnte

„Zeig ihm Deinen wunderbaren Körper, streichle Dich", flüsterte er ihr ins Ohr.

Sarah tanzte für ihn, streichelte sich. Arnolds Erregung wuchs, genau wie ihre. Das Spiel machte ihr Spaß. Nach einiger Zeit spürte sie Erics Hände wieder. Er zog sie an sich heran und sie spürte, dass er nackt war. Sein harter Schwanz drückte an ihren Rücken. Sarah stöhnte. Sie wollte mehr.

„Zieh Dein Höschen aus!"

Während sie tat, was Eric verlangte, zog er ihren BH aus und umfasste ihre vollen Brüste mit seinen Händen. Sarah und Arnold stöhnten fast gleichzeitig auf. Langsam zog Eric sie aufs Bett. Sie lag auf dem Rücken und er hielt ihre Arme fest, während er an ihren Nippeln knabberte und saugte. Als er kräftig zubiss, schrie sie vor Verlangen auf. In diesem Moment drang er in sie ein. Langsam und gleichzeitig tief stieß er zu. Nach wenigen Stößen war es um sie geschehen. Sarah hatte das Gefühl, den stärksten Orgasmus ihres Lebens zu bekommen. Laut schrie sie auf, klammerte sich an seinem Rücken fest. Kurz darauf spürte sie, wie Eric seinen heißen Saft in sie verspritzte. Danach blieben sie beide noch einige Zeit ineinander verschlungen liegen.

Die Stimme von Arnold holte sie in die Realität zurück.

„Ick beed Di, ik wull ok afsprütten. Dörf ik?"

Sarah seech, dat sien Lüttje noch jümmers piel hoch stunn.

„Schall ik em losbinnen, dormit he sik erlichtern kann?", fraagte Eric.

„Nee, tööw", seed Sarah un gung hen na em

Sinni masseerte se Arnolds Dödel mit de Hand. He makte de Ogen dicht, beverte vör Opregen.

„Ick beed Di, duller! Dörf ik op di sprütten?"

Sarah nickkoppte un drückte sien Heinrich duller. In de Moment keen Arnold un sprütte sien Saff op ehr Bost.

Tefreeden mokte he sien Ogen dicht.

„Dank ok!"

Eric nehm ehr Tüüch vunne Grund hoch un trock se ut de Ruum in dat Büro trüch.

„Kumm, ik wies Di de Badestuv. Laat Di Tied."

As se frisch duscht in dat Büro trüch keem, seech se wie Arnold ´n poor Geldschiene an Eric geev.

Se hörte jüst no, wie Arnold to em seed: „Du hest den Opdrach!"

Eric trock Sarah ut dat Büro, ehr dat se se sik vun Arnold verafscheeden kunn. In't Auto fraachde se:

„Weer dat ni stoffeli, dat wi eenfach so ahn Verafscheeden gahn sünd?"

„Bitte, ich möchte auch spritzen. Darf ich?"

Sarah sah, dass sein Schwanz noch immer hart aufgerichtet war.

„Soll ich ihn losbinden, damit er sich Erleichterung verschaffen kann?", fragte Eric.

„Nein, warte!" sagte Sarah und ging zu ihm.

Sanft massierte sie Arnolds Schwanz mit ihrer Hand. Er schloss die Augen, zitterte vor Erregung.

„Fester, bitte! Darf ich auf dich spritzen?"

Sarah nickte und drückte seinen Schwanz fester. In diesem Moment kam Arnold, spritzte seinen Saft auf ihren Busen.

Zufrieden schloss er die Augen.

„Danke!"

Eric nahm ihre Sachen vom Boden und zog sie aus dem Raum in das Büro zurück.

„Komm, ich zeig Dir das Badezimmer. Lass Dir Zeit."

Als sie frisch geduscht in das Büro zurückkam, sah sie wie Arnold einige Geldscheine an Eric übergab.

Sie hörte grade noch, wie Arnold leise zu ihm sagte:„Du hast den Auftrag!"

Eric zog Sarah aus dem Büro, bevor sie sich von Arnold verabschieden konnte. Im Auto fragte sie:

„War das nicht unhöflich, einfach so ohne Verabschiedung zu gehen?"

Eric lachte un geev ehr een poor Geldschiens. Wie't schient weern dat wiet över hunnert Euro.

„Dat hört to dat Spill. De Fruu is verboden Land. He dörf tokieken un wenn Du dat tosteihst ok anfaten. Groleer ok. Wi hem de Baantje. Wenn Du wullt, dörm wi de gude Arnold tomindest eenmal inne Maand glückli moken. Nimmst Du de Opdrach an?"

Sarah lachte: „Blots wenn Du min Macker büst un ik mi keen anner Mitspeeler söken mutt."

Eric lachte und gab ihr einige Geldscheine. Es schienen weit über hundert Euro zu sein.

„Das gehört zum Spiel. Die Frau ist unnahbar. Er darf zuschauen, und wenn Du es erlaubst, auch anfassen. Herzlichen Glückwunsch übrigens. Wir haben den Job. Wenn Du es willst, dürfen wir den guten Arnold mindestens einmal im Monat glücklich machen. Nimmst Du den Auftrag an?"

Sarah lachte: „Nur wenn du dabei mein Partner bist und ich mir keinen anderen Mitspieler suchen muss."

3 – Soot in Room

Klara ärgerte sik scheußli över sik sülm. Wi weer se blots ob de dösige Idee komen, meern in Hochsummer na Rom to fohren, to Kultur to beleven? De Luff weer brüttig hitt, sogor nu noch – kort na Middernach. Ahn Slap küselte se mank dat Betttüüch.

Villicht weer dat buten köhliger. Se stunn op und trock sik ehr leevsted Kleed an, goldgeele Siid. Op Slip und Tittbüddel verzichtete se. Wohrschinli wor se keen Minsch in disse aflegen Stadtdeel bemööten. Dat Tüch weer angenehm kold op de Huut.

As se ut´ Hotel rutkeem, dach se, na de lüttje Platz in de Neegde mit de Springborn to gahn. Se luurte op köhli Luff vun dat verdunsten Water. Dat geev hier knapp Lantüchten, aver dat weer jüst Vullmaand.

De Platz weer lerdi. Klara sett sik op en Bank in de Neechde vun de Soot. Hier weer dat wohrhaftig veel angenehmer as in't Hotel. Se beluurde sik de Fontäne. Wohrschienli weer dat Water ok düütlich köhler un angenehmer as de warme Supp, de ut de Hoteldusche drüppelte. Dat Water trock se magisch an. Klara stunn op un gung na de Soot. Een leege Muur weer rund um de Waterfläche. Dat seech so ut, als wenn de Soot nich deep weer.

Kühles Nass auf der Haut – ein Traum. Sie war allein hier. Worum schull se ni dat Water spören?

3 – Brunnen in Rom

Klara ärgerte sich schrecklich über sich selbst. Wie war sie nur auf die absurde Idee gekommen, mitten im Hochsommer nach Rom zu fahren, um Kultur zu erleben? Die Luft war drückend heiß, sogar noch jetzt – kurz nach Mitternacht. Schlaflos wälzte sie sich im Bett.

Vielleicht war es im Freien kühler. Sie stand auf und zog sich ihr Lieblingskleid an, goldgelbe Seide. Auf Höschen und BH verzichtete sie. Wahrscheinlich würde sie keinem Menschen in diesem abgelegenen Stadtteil begegnen. Der Stoff schmiegte sich angenehm kühl an die Haut.

Als sie das Hotel verließ, beschloss sie, zu dem nahegelegenen kleinen Platz mit dem Springbrunnen zu gehen. Sie hoffte auf kühlere Luft durch das verdunstende Wasser. Es gab hier kaum Laternen, doch gerade war Vollmond.

Der Platz war leer. Klara setzte sich auf eine Bank in die Nähe des Brunnens. Hier war es tatsächlich viel angenehmer als im Hotel. Sie beobachtete die Fontäne. Wahrscheinlich war das Wasser auch deutlich kühler und angenehmer auf der Haut, als das warme Rinnsal, das aus der Hoteldusche tropfte. Das Wasser zog sie magisch an. Klara stand auf und ging zum Brunnen. Eine niedrige Mauer umschloss die Wasserfläche. Der Brunnen schien nicht tief zu sein.

Kühles Nass auf der Haut – ein Traum. Sie war allein hier. Warum sollte sie nicht das Wasser spüren?

Gau trock se de Schoh ut un steech in de Soot. Dat Water pülscherte um ehr Beene. Dat weer erfrischend. Vun wegen de Temperaturünnerscheed kreech se dat kole Greesen. Se spörte, wie ehr Knuppen hard worn un sik an dat Tüüch schürten.

As se in de Neegde vun de Fontäne keem, spörte se de Waterdrüppels op ehr Huut. Denn keem ehr een verrückte Idee. Se weer alleen. Worum schull se de Fontäne ni as Bruus nehmen. Se steech gau ut de Soot, trock ehr Kleed ut un leegte dat op een Bank. Dann gung se weer in de Soot.

Se markte ni, dat een Mann na ehr kieken de. Ok Antonio kunn ni slopen un weer na de Soot gahn, to sik an de köhlige Luff to erfrischen. Nu dünkt em dat, as wenn een Göttin ut de Soot stiegen de. He bleev inne Schadden stahn.

Se weer perfekt buut. Fein formtde Hüften, een runne Achtersen un een rieckli aver faste Bost. Ehr Huut weer hell, meist blass. Dat Maandlich leet ehr sülvern schimmern. Sien Liev reageerte sofort. He knöpte sien Büx op un fung an, sein hoch ofrichtete lüttje Mann sinni to striegeln. Blots ni to gau. He wull dit Vernögen geneten.

Klara weer middewiel ünner de Fontäne ankomen. De kohle, harte Waterstrahl reechte ehr an. Se leet dat Water över ehr Bost lopen un striegelte de. Ok wenn dat Water so kold weer markte se een angenehmet, wohliget Geföhl mank ehr Beene.

40

Schnell zog sie ihre Schuhe aus und stieg in den Brunnen. Das Wasser umspülte ihre Beine. Es war erfrischend. Durch den Temperaturunterschied bekam sie eine Gänsehaut. Sie spürte, wie ihre Knospen hart wurden und sich am Stoff rieben.

Als sie sich der Fontäne näherte, spürte sie die Wassertropfen auf der Haut. Dann kam ihr eine verrückte Idee. Sie war allein. Warum sollte sie die Fontäne nicht als Dusche verwenden? Schnell verließ sie den Brunnen, zog das Kleid aus und legte es auf eine Bank. Dann stieg sie wieder in den Brunnen

Sie bemerkte nicht, dass sie von einem Mann beobachtet wurde. Auch Antonio konnte nicht schlafen und war zum Brunnen gegangen, um sich in der kühlen Luft zu erfrischen. Nun schien eine Göttin in den Brunnen zu steigen. Er blieb im Schatten stehen.

Sie war perfekt gebaut. Wohlgeformte Hüften, ein runder Po und ein üppiger, aber fester Busen. Ihre Haut war hell, fast blass. Das Mondlicht ließ sie silbern schimmern. Sein Körper reagierte sofort. Er öffnete seine Hose und begann, seinen hoch aufgerichteten Penis sanft zu reiben. Nur nicht zu schnell. Err wollte dieses Vergnügen auskosten.

Klara war inzwischen unter der Fontäne ange-kommen. Der kühle, harte Wasserstrahl erregte sie. Sie lenkte das Wasser über ihren Busen, streichelte ihn.Trotz des kühlen Wassers spürte sie ein angenehmes wohliges Gefühl zwischen ihren Beinen.

Antonio kunn de Ogen ni vun ehr aflaten. Sien Plünnen weeren to eng. He treck sik ut. He föhlte sik magisch antrocken vun de Soot un de Schönheit dor binnen. Wohrschinli weer dat aln's blots een Drohm. Langsam kroop he ut sien Versteck to op de Sood. Se schull sik ni verfehrn. So weer he bang, dat de Nymphe mit mal verswinnen wör.

Klara harr middewiel de Ogen dicht. Ehr Hannen gungen öwer ehr Liev, ümmer deeper, bit een Finger endli de deepe, hitte Spalt funnen harr. De Duum reef öwer de Venushügel. Keen Mann haar se beet nu hento so in Opregung bröcht. Se weer as in Trance. As se de Ogen kort open makte, seech se een nakelte Gott mit piel stahnde Pint op se to lopen. Se smusterte, makte den Ogen wedder dicht un frochte sik kort, ob he wull en römische Gott weer oder doch ut de griechische Mythologie her keem.

Antonio weer verbiestert. De Fru muss em sehn hemm, avers dat schiente ehr ni to störn. Se smusterte em an mit to'e Ogen und striegelte ehr schöne Bost. Jümmers noch schien se em nicht to marken. He kneete doll und fatde na ehr Achterbacken mit beide Hann un fung an, ehr Spalt mit de Tung to verwöhnen. Se keem em willi in de Mööt und stöhnte liesen

Antonio konnte die Augen nicht von ihr lassen. Seine Kleidung beengte ihn. Schnell zog er sich aus. Er fühlte sich magisch vom Brunnen und von der Schönheit darin angezogen. Wahrscheinlich war es alles nur ein Traum. Langsam bewegte er sich aus seinem Versteck auf den Brunnen zu. Er wollte sie nicht erschrecken, hatte Angst, dass die Nymphe plötzlich verschwinden würde.

Klara hatte inzwischen die Augen geschlossen. Ihre Hände wanderten über ihren Körper, immer tiefer, bis ein Finger endlich die tiefe heiße Spalte gefunden hatte. Der Daumen rieb über den Venushügel. Kein Mann hatte sie bislang so in Erregung versetzt. Sie war wie in Trance. Als sie die Augen kurz öffnete, sah sie einen nackten Gott mit erigiertem Penis auf sie zukommen. Sie lächelte, schloss die Augen wieder und fragte sich kurz, ob er wohl ein römischer Gott sei oder doch der griechischen Mythologie entstammte.

Antonio war überrascht. Die Frau musste ihn gesehen haben, aber das schien sie nicht zu stören. Sie lächelte ihn mit geschlossenen Augen an und streichelte ihre verlockenden Brüste. Nach wenigen Schritten stand er vor ihr im Brunnen. Noch immer schien sie ihn nicht zu bemerken. Er kniete nieder, umfasste Ihre Hinterbacken mit beiden Händen und begann, ihre Spalte mit der Zunge zu verwöhnen. Sie streckte sich ihm willig entgegen und stöhnte leise.

4 – Rockkonzert

A nn weer nervös un bös unseeker. Nadem se sik Maande lang ganz un gor trüch trocken harr vun de Welt, wull se nu endli weer leven. Dorum harr se vör dree Maande een Kort för een Open-Air Rockkonzert köfft. Ann much disse Musik geern, weer allerdings siet Johren ni bi Konzerte ween. As se de Kort köffte, wer de Termin noch so wiet wech. Nu weer de Dag dor.

Schull se bang bie't Huus bliiwen und de Kort verfallen laten? Nee – se wull opletzt werr dat Leven spörn. Hoffentli wörn dor ni to veele fichelnde Paare ween, de ehr wiesden, wo schreckli un langwili en Leven ohne Bislaap is.

Erstmal muß de Kleedungsfroch klärt warn. Jeans, T-Shirt un Turnschoh passten jümmers un weern för ein Stohplatz ok schön bequem. Avers dormit weer se werr de graue Muus, de bi dat Gedränge öwerhaupt ni opfallen wor. Vör unendli lange Tied harr Ann sik een swatte Mini ut Ledder köft, de se bit hüüt in't Klederschapp vergeten harr. Wenn dit nich een Gelegenheit weer, em endli mol antotrecken, wenn denn? Dorto wör dat enge deep rode Top gut passen. Ann söchte na ehr bequeme Boomwull-Tittbüddel, as ehr een lüttje Düwel in't Ohr flüsterte:

„Dat geiht gor ni. Liebestöter to sexy Klamotten!"

Ann seech in, dat ehr innere Stimm rech harr. To dat Outfit mussen de passenden Dessous her.

44

4 – Rockkonzert

Ann war nervös und sehr unsicher. Nachdem sie sich über Monate völlig von der Welt zurückgezogen hatte, wollte sie endlich wieder leben. Deshalb hatte sie vor drei Monaten eine Karte für ein Open-Air Rockkonzert gekauft. Ann liebte diese Musik, hatte es aber jahrelang vermieden, zu Konzerten zu gehen. Als sie die Karte kaufte, war der Termin noch in so weiter Ferne. Und jetzt war der Tag da.

Sollte sie kneifen, zuhause bleiben und die Karte verfallen lassen? Nein – sie wollte endlich wieder das Leben spüren. Hoffentlich würden sich dort nicht zu viele turtelnde Paare aufhalten, die ihr zeigten, wie unangenehm und langweilig das Leben ohne Sex ist.

Zunächst war die Kleidungsfrage zu klären. Jeans, T-Shirt und Turnschuhe passten immer und waren für einen Stehplatz auch schön bequem. Aber damit wäre sie wieder eine graue Maus, die in dem Gedränge überhaupt nicht auffallen würde. Vor unendlicher Zeit hatte Ann sich einen schwarzen Ledermini gekauft, den sie bis heute im Kleiderschrank vergessen hatte. Wenn dies nicht die Gelegenheit war, ihn endlich einmal anzuziehen, wann dann? Dazu würde das enge, tiefrote Top gut passen. Ann suchte nach ihrem bequemen Baumwoll-BH, als ihr ein kleines Teufelchen ins Ohr flüsterte:

„Das geht gar nicht. Liebestöter zu sexy Klamotten."

Ann sah ein, dass die innere Stimme recht hatte. Zu diesem Outfit mussten die passenden Dessous her.

Gau fun se ehr swatte Push-Up. De wör ehr Bost ünner dat Top fein rutwiesen. Un in een String wör se sik ok veel mehr als Frunsminsch föhlen. Veel mehr as in bequeme Sportsünnertüüch.

As se inne Speegel keek, kennte se sik knapp werr. En smucke Fruu, keen graue Muus mehr, de sik vör de Welt versteeken de. Dat Gesich weer'n beten blaß. Avers ok dat ännerte Ann gau: Se ünnstreek ehr düstern Ogen mit swarte Kajal un sminkte de Lippen deep rot. Nu kunn se ni mehr so licht in de Masse verswinnen. Dat weer ehr al in de Toch dütli klor: De Blicke vun de Mannslüüd bleven op ehr hangen.

De Weddergott meente dat goot mit ehr. Een moje Bries speelte mit ehr Hoor und se spörte de Sünn op ehr Huut. Ann mokte de Ogen dicht un stellte sik vor, dat Männerhannen ehr Huut striegelten. Wo dull se dat Geföhl doch vermissen de! Mitmol weer dat Geföhl ganz real. Een Hand striegelte öwer ehrn Achtersen.

Ann maakte de Ogen open. Dat kunn ni ween! Se dreihte sik um un keek in den strahend Ogen vun een proppere Kirl. Ann kreech'n roden Kopp. He smusterte na ehr un keek denn weer över de Minschenmassen wech. Enttäuscht keek Ann werr na de Bühne un tööwte werr op dat Anfangen vun de Show. Se beduurte al, dat se alleen na disse Veranstaltung fohrt weer. Dat weer as jümmers. De interessanten Mannsbiller kreegen jümmers de annern Fruuns af, nümmers se sülms.

Schnell fand sie ihren schwarzen Push-Up. Der würde ihren Busen unter dem Top gut zur Geltung bringen. Und in einem String würde sie sich auch viel weiblicher fühlen, als in bequemer Sportunterwäsche.

Beim Blick in den Spiegel erkannte sie sich kaum wieder. Eine attraktive Frau, keine graue Maus mehr, die sich vor der Welt versteckte. Das Gesicht war etwas blass. Aber auch das änderte Ann schnell: Sie betonte ihre dunklen Augen mit schwarzem Kajal und schminkte ihre Lippen tiefrot. Jetzt konnte sie nicht mehr so einfach in der Menge verschwinden. Das wurde ihr schon in der Bahn deutlich bewusst: Die Blicke mehrerer Männer ruhten auf ihr.

Der Wettergott meinte es gut mit ihr. Ein leichter Wind spielte mit ihrem Haar und sie spürte die Sonne auf ihrer Haut. Ann schloss die Augen und stellte sich vor, dass Männerhände ihre Haut streichelten. Wie sehr sie dieses Gefühl vermisste! Plötzlich war das Gefühl sehr real. Eine Hand streichelte über ihren Po.

Ann öffnete die Augen. Das konnte nicht sein! Sie drehte sich um und schaute in die strahlenden Augen eines wohlproportionierten Mannes. Ann errötete. Er lächelte sie kurz an und ließ dann wieder den Blick über die Menge schweifen. Enttäuscht schaute Ann wieder zur Bühne und wartete auf den Beginn der Show. Sie bedauerte schon, allein zu dieser Veranstaltung gefahren zu sein. Es war wie immer: Die interessanten Männer bekamen immer die anderen Frauen, nie sie selbst.

Nadem dat de Band de eersten Takte speelt harr, gung ehr Groll vörbi. Se spörte de Bässe inne Buuk und leet sik vun de Stimm vunne Singer aflenken. De Welt weer ehr egal. Se spörte blots noch ehr danzend Liev un de Musik.

As een Ballade speelt wor, striegelten Hannen öwer ehr Hüften. Ditmol makte Ann nich de Fehler, sik ümtodreihn und dormit de Droom wegtojagen. Kort dorna spörte se weeke Lippen op de nakelte Huut von ehr Schuller. Ann stöhnte liesen un löhnte sik trüch. Dat schiente een starke, muskulöse Bost to ween, an de se sik löhnte.

„Wieder", stöhnte se.

Een ruge Stimm flüsterte ehr in't Ohr: „Dreih di ni um! Konzentreer di op dien Liev un geneet eenfach!"

De Hannen schoben ehr Top een Stück no boben un striegelten Ann's Buuk. Langsam keemen se höger. Sinni avers gewalti opregend striegelten se över ehr Bost. Ehr Liev reageerte sofort. Ehr Knuppen worn hard un se spörte de Natten mank ehr Beene. Se weer mehr as tostellt för en Mann. Liekers oder villicht jüst dorum danzte Ann wieder na de Takt vun de Musik. Dorbi reev se ehrn Steert an de Unbekannte. Ok he weer opreecht. Ann spörte, wi he sik an ehr drückte. Un wie't schiente weer he gut bestückt.

Na de Ballade wor dat werr'n beet harder un gauer.

Nachdem die Band die ersten Takte gespielt hatte, verschwand ihr Groll. Sie spürte die Bässe im Bauch und ließ sich von der Stimme des Sängers entführen. Die Welt war ihr egal. Sie spürte nur noch ihren tanzenden Körper und die Musik.

Als eine Ballade gespielt wurde, streichelten Hände über ihre Hüften. Diesmal machte Ann nicht den Fehler, sich umzudrehen und damit den Traum zu verscheuchen. Kurz danach spürte sie sanfte Lippen auf der nackten Haut ihrer Schulter. Ann stöhnte leise und lehnte sich zurück. Es schien ein sehr muskulöser Oberkörper zu sein, an den sie sich gerade lehnte.

„Weiter!", stöhnte sie.

Eine raue Stimme flüsterte ihr ins Ohr: „Dreh dich nicht um! Konzentriere Dich auf Deinen Körper und genieße einfach!"

Die Hände schoben ihr Top ein kleines Stückchen nach oben und streichelten Anns Bauch. Langsam wanderten sie höher. Sanft, aber unheimlich erregend strichen sie über ihre Brüste. Ihr Körper reagierte sofort. Ihre Knospen wurden hart und sie spürte die Nässe zwischen ihren Beinen. Sie war mehr als bereit für einen Mann. Trotzdem oder vielleicht gerade deshalb tanzte Ann weiter im Takt der Musik. Dabei rieb sie ihren Hintern an dem Unbekannten. Auch er war erregt. Ann spürte, wie er sich an sie drückte. Und er schien gut ausgestattet zu sein.

Nach der Ballade wurde es wieder härter und schneller.

Ehr Liev beweegde sik wieder in de Takt vun de Musik. Een Hand streek vun ehr Bost na nerden un striegelte de Binnersiet von de Böverschenkel. Ann ännerte ehr Stahn und makte de Been wieder open. Sinnig schov de Unbekannte ehr String bisiet un leet de Finger in ehr Musch glieden. Ehr Opregen weer ni mehr to bännigen. Ann kunn sik knapp noch op de Been holn. Blitze explodeerten in ehrn Kopp. De Musik wurr noch gauer und harder.

Mitmal trock de Unbekannte de Finger trüch. Ann wull protesteern. In de Moment belevde se de nächste Överraschung: Ein Dödel füllte se full ut un stötde deep un hard na de Takt vun de Musik to.

Ann markte de Musik un de Minschen um ehr rum överhaupt ni mehr. Se konzentreerte sik blots noch op ehr Liev. De Höhepunkt keem gau un hefti. Ann schreech ehr Lust rut.

Togliek spörte se, wie de Fremme heftig in ehr tuckte un sien hitte Saff in ehr utspritzde. Bös pusti bleewen beide een Ogenblick still stahn, denn trock he sik torüch. In de Moment hörte Ann tobende Applaus.

Ann schoot dat Bloot to Kopp. Dat duurte een Moment, beet se sik kloor maktde, dat de Show toenne weer und de Applaus eenzi und aleen för de Band weer. Langsam dreihte se sik üm. De Steed achter ehr weer leer. Liekers, dat kunn keen Droom ween hem, denn de hitte Saff von de Mann leep ehr de Been hendal. Endli weer se werr an't lewen!

Ihr Körper bewegte sich weiter im Takt der Musik. . Eine Hand wanderte von ihren Brüsten nach unten und streichelte sie an der Innenseite der Oberschenkel. Ann änderte ihre Haltung, öffnete die Beine weiter. Langsam schob der Unbekannte ihren String beiseite und ließ den Finger in ihre Möse gleiten. Ihre Erregung stieg ins Unermessliche. Ann konnte sich kaum noch auf den Beinen halten. Blitze explodierten in ihrem Kopf. Die Musik wurde noch schneller und härter.

Plötzlich zog der Unbekannte den Finger zurück. Ann wollte protestieren. In diesem Moment erlebte sie die nächste Überraschung: Ein Schwanz füllte sie voll aus und stieß tief und hart im Takt der Musik zu.

Ann bemerkte die Musik und die Menschen um sich herum überhaupt nicht mehr. Sie konzentrierte sich nur noch auf ihren Körper. Der Höhepunkt kam schnell und heftig. Ann schrie ihre Lust heraus.

Gleichzeitig spürte sie, wie der Unbekannte in ihr heftig zuckte und seinen heißen Saft in sie ergoss. Schwer atmend blieben beide einen Augenblick still stehen, dann zog er sich zurück. In diesem Moment hörte Ann tosenden Applaus.

Ann schoss die Röte in den Kopf. Es dauerte einen Moment, bis sie sich klar machte, dass die Show zu Ende war und der Applaus einzig der Band galt. Langsam drehte sie sich um. Der Platz hinter ihr war leer. Doch es konnte kein Traum gewesen sein, denn der heiße Saft eines Mannes ran an ihren Schenkeln herunter. Endlich lebte sie wieder!

5 – Dicke Fru

Gesa weer ´n Stackel. Ehr Kollegin Verena harr ehr mit een Telefonanrop namiddags in disse Pizzaria lockt un denn doch werr versett. Gesa föhlte sik melanklöterig. Se harr sik so dorop freut, endli mal uttogahn. Man nu seet se hier alleen wiel dat Verena sik wohrschienli weer mit een'n smucken Mann vergnööchte. Se harr weenst afseggen kunnt! Verena weer de Droom von al Mannslüüd: Jung, blond und slank, man liekers mit een üppige Böverwiede. Gesa weer eenfach blots quabbeli. So seden de anner Frunslüüd un meesttieds föhlte se sik ok so. Ehr Hoor harr een Farv, de se girn as „strotenköterfarven" beteeken wurr, weer dünn un wull eenfach ni sitten.

Ut Frust, dat se eenfach to fett weer un de Mannslüüd se ignoreerten, stoppte Gesa sik regelmatig Sahnetort un Schokolod rin – wat sik as een denken kann ni jüst vördeelhaft op ehr Figur utwirken de. Wo gern harr se ok mol so'n gude Sex, von de ehr Bekannten jümmers vertellten. Avers liekers, ok wenn se de harr: De annern wörn dat denn ok ni glööwen. Gesa müss se dat bewiesen – avers wodenni?

Frustreert langte se na de Spieskort. Wenn Verena dat ni für nödi heel, aftoseggen, wull se weens wat Feinet eten, ehr dat se na Hus fohrn de in ehr Wahnung, trüch in de Eensamkeit.

5 – Dicke Frau

Gesa war unglücklich. Ihre Kollegin Verena hatte sie mit einem Telefonanruf nachmittags in diese Pizzeria gelockt und dann doch wieder versetzt. Gesa fühlte sich unwohl. Sie hatte sich so darauf gefreut, endlich einmal auszugehen. Doch nun saß sie hier allein, während Verena sich wahrscheinlich wieder einmal mit einem attraktiven Mann vergnügte. Sie hätte wenigstens absagen können! Verena war der Traum aller Männer: jung, blond und schlank, trotzdem mit einer relativ üppigen Oberweite. Gesa war einfach nur fett. So sagten es die anderen Frauen und meist fühlte sie sich auch so. Ihr Haar hatte eine Farbe, die gern als „straßenköterfarben" bezeichnet wurde, war dünn und wollte einfach nicht sitzen.

Aus Frust darüber, dass sie einfach zu fett war und die Männer sie ignorierten, stopfte Gesa regelmäßig Sahnetorte und Schokolade in sich hinein – was sich natürlich nicht eben positiv auf ihre Figur auswirkte. Wie gern hätte sie auch mal den guten Sex, von dem ihre Bekannten immer erzählten. Aber selbst wenn sie ihn hätte: Die anderen würden es ohnehin nicht glauben. Gesa müsste es ihnen schon beweisen – aber wie?

Frustriert griff sie zur Speisekarte. Wenn Verena es schon nicht für nötig hielt, abzusagen, wollte sie wenigstens etwas Leckeres essen, bevor sie wieder nach Hause fuhr, in ihre Wohnung, zurück in die Einsamkeit.

Denn hörte se de Stimm von Verena: „Dat deit mi leed, dat ik so laat bin. Ik hev noch ween mitbröcht."

Gesa keek hoch. Vör ehr stunn de smuckste Mann, de ehr siet lange Tied över den Wech lopen weer. Man kloor weer he al vergeeven: Verena harr ehr Arms as so'n Krake um em lecht. Dat wör sach mol werr een slimme Avend warrn. Gesa dors as so männimal as frustreerte Bisittersche tokieken bi een rumfichelnde Poor un denn untofreeden alleen in ehr Wahnung verswinnen, wiel dat sik dat Poor de Fraag: „Du na mi oder ich na Di?" stellte.

Avers se weer nu mol hier un hungerig. So weer dat nu mol un se wor ok disse Avend enerwegens överstahn. Weens weer de Mann anners as sien Sellschafterin höfli:

„Ick bün Lars", stellte he sik vör.

„Gesa."

Se genot de Druck vun sein warme Hand. Wodenni se sik wull op ehr Huut anföhlen wor? Gesa geev de Gedank gau wech. Dat wör se wull nie rutkriegen. Ok wenn Verena em ni al fast inne Griff harr – een Mann as Lars wör sik för so'n fette Fru ni nich interesseern.

Anners as Gesa dacht harr, weer de Tied vun't Eeten banni angenehm. Lars weer en charmante Unnerholer un geev Gesa dat Geföhl likers een attrative Fruu to ween, ok wenn Verena as enn Klett an em bummelte.

54

Da hörte sie Verenas Stimme: „Entschuldige bitte, dass ich so spät dran bin. Ich habe noch jemanden mitgebracht."

Gesa sah auf. Vor ihr stand der attraktivste Mann, der ihr seit langer Zeit begegnet war. Doch natürlich war er schon vergeben: Verena hatte ihre Arme wie eine Krake um ihn geschlungen. Es würde also wieder einmal ein schlimmer Abend werden. Gesa durfte wie so oft als frustrierte Zuschauerin einem turtelnden Paar zuschauen und dann unbefriedigt allein in ihrer Wohnung verschwinden, während sich das Paar die Frage „Zu mir oder zu Dir?" stellte.

Aber sie war nun einmal hier und hungrig. Also würde sie auch diesen Abend irgendwie überstehen. Wenigstens war der Mann im Gegensatz zu seiner Begleiterin höflich:

„Ich bin Lars", stellte er sich vor.

„Gesa."

Sie genoss den Druck seiner warmen Hand. Wie mochte sich die wohl auf ihrer Haut anfühlen? Gesa verwarf den Gedanken schnell wieder. Das würde sie wohl nie erfahren. Selbst wenn Verena ihn nicht schon fest im Griff hätte – ein Mann wie Lars würde sich für eine so fette Frau nie interessieren.

Das Essen verlief entgegen Gesas Befürchtungen sehr angenehm. Lars war ein charmanter Unterhalter und gab Gesa das Gefühl, eine attraktive Frau zu sein, obwohl Verena wie eine Klette an ihm klebte.

Naja, Gesa makte sik nix vör: An Enn wör Verena dat Spill doch winnen. Wat wör se ni al'ns dorför geven, wenn se ehr Kollegin disse smucke Kirl wechsnappen un em in ehr Bett kriegen kunn!

Dat Eeten gung sinni to Enn un Verenas Snaken fung an, unner de Buukreem to gahn. Wie't schient wull se Gesa werr wiesen, watför enn kümmerlichet, eischet Puschel se weer.

Verena vertellte vun een Dessous-Party, wo se ween weer un beschreev vull un ganz, wat vun Plünnen se dor köfft harr. Gesa wor vör Geneeren puterrot. Klor, Verena vertellte dat, to ehr dal to drücken. Nie nich wör Gesa in so'n Plünnen passen. To allen Överfluss vertellte se denn ok noch vun ehr nie anschaffte Bondage-Utstattung. Se wör dat geneeten, willenlos een Kirl utleewert to ween.

Gesa wor dat tovell. Se wull blots noch wech un bestellte de Reeken. Verena weer middewiel bi ehr niee Speegel ankoben, de se över ehr Bett opbummelt harr.

„De wör ik gern mol sehn", hörte Gesa de Stimm vun Lars.

Goot, dormit harr Gesa nu ok wies kreegen, as wodenni de Antwort ob de übliche Fraag weer. An un för sik wull se gor ni weeten, wo un wat de beiden

Nun ja, Gesa machte sich nichts vor: Am Ende würde Verena doch gewinnen. Was würde sie nicht alles dafür geben, wenn sie ihrer Kollegin diesen attraktiven Mann wegschnappen und in ihr Bett bekommen könnte!

Das Essen neigte sich dem Ende zu und Verenas Bemerkungen begannen, unter die Gürtellinie zu gehen. Anscheinend wollte sie Gesa wieder zeigen, was für ein bedauernswertes, unattraktives Wesen sie war.

Verena erzählte von einer Dessous-Party, die sie besucht hatte, und beschrieb eindrucksvoll, welche Kleidungsstücke sie dort gekauft hatte. Gesa wurde vor Scham puterrot. Klar, Verena erzählte das, um sie zu demütigen. Niemals würde Gesa in solche Kleidung passen. Zu allem Überfluss erzählte sie dann auch noch von ihrer neu erworbenen Bondage-Ausstattung. Sie würde es genießen, einem Mann willenlos ausgeliefert zu sein.

Gesa wurde es zuviel. Sie wollte nur noch weg und bestellte die Rechnung. Verena war inzwischen bei dem neu erworbenen Spiegel angekommen, den sie über dem Bett angebracht hatte.

„Den würde ich gerne einmal sehen", hörte Gesa Lars Stimme.

Gut, damit hatte Gesa nun auch erfahren, wie die Antwort auf die übliche Frage lautete. Eigentlich wollte sie gar nicht wissen, wo und was die beiden

noch drieben, nadem Gesa sik in de Eensamkeit vun ehr Wahnung verafscheedet harr. Verena murmelte Tostimmung, bi dat se dat genot an Lars sien Ohr to gnabbeln.

Kunnen de beiden sik denn ni tosomenrieten, bit Gesa wech weer? Se harr keen Luss, sich dat Spillwark antosehn. Man irgendwat faszineerte se doch doran. Gesa kunn de Ogen ni vun Verena un Lars laten.

Vun wiet wech hörte se Lars sien Stimm: „Denn lat uns dree op enn Prosecco na Verena gahn un uns de Utrüstung ankieken. Wart bestimmt en Spaaß!"

Verena lachte: „Kloor, denn kann Gesa mol leern, wat man allns maken kann, um en Kirl to faten to kriegen."

As vun sülm anterte Gesa: „Ik kam mit."

Se fohrten mit Taxi na Verenas Wahnung. Gesa weer nervös avers ok nieschieri.

Nodem se ankomen weern in de Wahnung, mokte Verena een Buddel Prosecco op un geev Gesa ok een Glas in de Hand. Denn leet se ehr stahn un fung werr an, an Lars sien weeke Ohr to gnabbeln. Inne linke Hand heel se ehr Glas wiel dat de Rechte mit eendüdige Bewegung an Lars sien Büx togang weer. Ehr Afmöhen harr wietschient Erfolg. Lars stöhnte liesen.

noch trieben, nachdem Gesa sich in die Einsamkeit ihrer Wohnung verabschiedet hatte. Verena murmelte Zustimmung, während sie genüsslich an Lars Ohrläppchen knabberte.

Konnten sich die beiden denn nicht beherrschen, bis Gesa verschwunden war? Sie hatte keine Lust, sich das Schauspiel anzusehen. Aber irgendetwas faszinierte sie doch daran. Gesa konnte die Augen nicht von Verena und Lars lassen.

Aus weiter Ferne hörte sie Lars Stimme:„Dann lasst uns drei doch auf einen Prosecco zu Verena gehen und die Ausrüstung ansehen. Wird bestimmt lustig!"

Verena lachte: „Klar, dann kann Gesa mal lernen, was man alles machen kann, um einen Mann zu fesseln."

Mechanisch antwortete Gesa: „Ich komme mit!"

Sie fuhren mit dem Taxi zu Verenas Wohnung. Gesa war nervös, aber sie war auch neugierig.

Nachdem sie in der Wohnung angekommen waren, öffnete Verena eine Flasche Prosecco und drückte Gesa auch ein Glas in die Hand. Dann ignorierte sie Gesa und fuhr damit fort, an Lars Ohrläppchen zu knabbern. In der linken Hand hielt sie ihr Glas, während die Rechte sich mit eindeutigen Bewegungen an Lars Hose zu schaffen machte. Ihre Bemühungen schienen von Erfolg gekrönt. Lars stöhnte leise.

Gesa överlechte, ob se afhaun schull, man dat Tokieken faszineerte ehr to dull. Bidat keek Lars na ehr röver, wat ehr fesselte.

„Muschikatt, wo is egens de Slaapstuuv, de du uns wiesen wullst?", froochte Lars, wieldat sien Hannen sik mit Verenas Titten befateten.

Verena lachte, nehm sien Hand un trock em mit sik. Ahne fraagt to warrn leep Gesa achteran. As se inne Slaapstuv ankeemen, heel Gesa de Luff an. Disse Ruum weer ganz anners as ehr eegen lüttje, funktionell inrichte Slaapstuv. In de Ruum weer een gewaltiget Bett, Speegel an beide Sieden un dorto de nieste Anschaffen – de grote Speegel över dat Bett. Verscheedene Dessous, dorbi ok een Lellerkorsage, legen overall verstreut in de Ruum. Dorto een weeke, düstere Wulldook… Gesa fraagte sik, ob de wull as Fessel oder as Ogenbinn herholn sull un kreech een rode Kopp bi de Gedank.

Denn full ehr dat Tau op. Lars keek ehr Blick achterno, seech dat ok un griente. Verschamt leet Gesa ehr Blick wieder wannern. In de Wand op anner Siet vun't Bett weer een Metallring. Ob de wull dorför dor weer, dat Tau fasttomaken?

Gesa harr nümmer ni sowat sehn.

Lars weer bi dat ganz un gor op Verena konzentreert un fung an, se uttotrecken. Gesa beluurte dat nokelte Liev. Se weer niedsch op Verena. Bidat harr se sik entscheedt bit to Enn to blieven.

Gesa überlegte, ob sie gehen sollte, doch das Zuschauen faszinierte sie zu sehr. Außerdem warf Lars ihr einen Blick zu, der sie fesselte.

„Kätzchen, wo ist eigentlich das Schlafzimmer, das Du uns zeigen wolltest?", fragte Lars, während sich seine Hände Verenas Brüsten widmeten.

Verena lachte, nahm seine Hand und zog ihn mit sich. Gesa folgte den beiden ohne Aufforderung. Im Schlafzimmer angekommen hielt Gesa die Luft an. Dieser Raum war völlig anders als ihr eigenes kleines, funktionell eingerichtetes Schlafzimmer. Im Raum befand sich ein riesiges Bett, Spiegel an beiden Seiten und dazu die neue Errungenschaft – der große Spiegel über dem Bett. Verschiedene Dessous, darunter auch eine Lederkorsage, lagen wahllos verstreut im Raum herum. Dazu ein weicher, dunkler Schal … Gesa fragte sich, ob der wohl als Fessel oder Augenbinde diente und errötete bei dem Gedanken.

Dann entdeckte sie das Seil. Lars folgte ihren Blicken, sah es auch und grinste. Verschämt ließ Gesa ihren Blick weiterwandern. In der Wand gegenüber vom Bett befand sich ein Metallring. Ob der wohl dazu diente, das Seil zu befestigen?

Gesa hatte noch nie etwas Derartiges gesehen.

Lars war inzwischen voll auf Verena konzentriert und begann, sie auszuziehen. Gesa bewunderte den nackten Körper. Sie beneidete Verena. Inzwischen hatte sie beschlossen, bis zum Ende zu bleiben.

Man kunn Verena dat dütli ansehn, dat se gern ehr Liev wiesde. Se gung een Schreed na Gesa.

Se gung een Schreed na Gesa: „Wullt Du ok mol anfaten, dormit Du weest, wie dat is, faste Kugeln to spörn? Dat mögen de Kirls leever as sun bammelnde Titten as bi Di!"

As wenn he dat wiesen wull, stellte Lars sik achter se un wooch ehr prall, faste Bost in de Hannen, so as se Gesa noch beter to präsenteern. Gesa sluukte. Binah keemen ehr de Tronen, man se wull ni wiesen, wo ledeert se weer. Un irgendwat in Lars sien Gesichsutdruck makte ehr Mood.

Sachten beröhrte se Verenas Huut un luurte op ehr Reaktion. Dat schiente ehr nix uttomoken, dat een Fruu se beröhrte. Ehr Bostwoorten stellten sik op un se stöhnte liesen. Gesa verfehrte sik un trock ehr Hand torüch.

Nu nehm Lars weer de Saak inne Hand. „Kumm! Gesa un ik wölln di in Ledder bewunnern. Treck de Korsage an!"

Dorbi gung sien Hand no nerden un sien Fingers streeken dör Verenas Spalt.

Verena hörte forts op em. Gesa weer vun de Anblick fesselt: De Korsage bröchte Taille un Po goot to Geltung. Faszineert keek se op Verenas Titten, de in Ledderhalvscholen seten. De stiewe Nippels keeken over de Rand rut.

62

Man konnte Verena deutlich ansehen, dass sie es liebte, ihren Körper zu zeigen.

Sie ging einen Schritt auf Gesa zu. „Willst Du auch mal anfassen, damit Du weißt, wie es ist, feste Bälle zu spüren? Das mögen Männer lieber, als solche Hängetitten wie bei dir!"

Wie zur Bestätigung stellte Lars sich hinter Verena, umfasste sie von hinten und wog ihre prallen, festen Brüste in den Händen, wie um sie Gesa noch besser zu präsentieren. Gesa schluckte. Fast wäre sie in Tränen ausgebrochen, doch sie wollte nicht zeigen, wie verletzt sie war. Und irgendetwas in Lars Gesichtsausdruck machte ihr Mut.

Vorsichtig berührte sie Verenas Haut und beobachtete ihre Reaktion. Es schien ihr nichts auszumachen, dass eine Frau sie berührte. Ihre Brustwarzen stellten sich auf und sie stöhnte leise. Erschreckt zog Gesa ihre Hand zurück.

Nun ergriff Lars wieder die Initiative: „Komm! Gesa und ich wollen Dich in Leder bewundern. Zieh die Korsage an!"

Dabei wanderte seine Hand nach unten und die Finger strichen durch Verenas Spalte.

Verena gehorchte sofort. Gesa war von dem Anblick gefesselt: Die Korsage brachte Taille und Po gut zur Geltung. Fasziniert betrachtete sie Verenas Brüste, die in Lederhalbschalen ruhten. Die steifen Nippel schauten über den Rand hinaus.

Lars snippte mit de Fingers dorgegen. Denn nehm he dat Wulldook hoch un verbunn Verenas Ogen.

„Ick heev hüüt en besunner Överraschung för di", runte he ehr in't Ohr.

Gesa froochte sik, wat wull as Nächstes passeern schull, wiel dat Verena sik willi hen geev. Se seech, wie Lars breede Ledderarmbänner mit Ringe an Verenas Handgelenke fast makte. Denn föhrte he se na de Wand an de de Metallring fast weer. He keek na dat Tau un denn werr na Gesa. He griente. Gesa nehm dat Tau hoch un geev em dat. Lars nehm dat Tau un krüüzte Verenas Arms över ehr Liev. Denn trock he dat Tau dör de Ringe un de Armbänner un knüttde dat um ehr Liev. Dorna truck he dat Tau dör Verenas Beene dör un makte dat fast an de Isenring anne Wand. Gesa fraagte sik, as wordenni sik dat anföhlen wor, wenn dat Tau an ehr reev.

Lars dreihte sik um un smusterte na Gesa. He wieste ehr an, still to ween un lechte een Finger op sien Lippen. Denn stunn he vör Gesa un keek ehr fraagend an. Gesa tööwde af.

„Ich stah op Rubens-Fruuns", runte he ehr in't Ohr, so liesen, dat Verena dat ni hörn kunn.

Denn streek he mit de Tung över Gesa's Hals. Se genot dat. Sachten lechte Lars de Hannen op ehr Hüft und leet se suutje na boben gahn. Sinnig un meist bewunnernd streek he över ehr Bost.

Lars schnippte mit den Fingerspitzen dagegen. Dann hob er den Schal auf und verband Verenas Augen.

„Ich habe heute eine besondere Überraschung für dich", flüsterte er ihr ins Ohr.

Gesa fragte sich, was als Nächstes passieren würde, während Verena sich bereitwillig hingab. Sie beobachtete, wie Lars breite Lederarmbänder mit Ringen an Verenas Handgelenken befestigte. Dann führte er sie zu der Wand, an der sich ein Metallring befand. Sein Blick ging zu dem Seil, dann wieder zu Gesa. Er grinste. Gesa hob das Seil auf und brachte es ihm. Lars nahm das Seil, kreuzte Verenas Arme vor ihrem Körper. Dann führte er das Seil durch die Ringe an den Armbändern, wand es um ihren Körper. Danach zog er das Seil zwischen Verenas Beinen hindurch und befestigte es an dem Metallring in der Wand. Gesa fragte sich, wie es sich anfühlen würde, wenn das Seil an ihr rieb.

Lars drehte sich um und lächelte Gesa an. Er bedeutete ihr zu schweigen, indem er einen Finger auf seine Lippen legte. Dann stand er vor Gesa und schaute sie fragend an. Gesa wartete ab.

„Ich stehe auf Rubens-Frauen", flüsterte er ihr ins Ohr, so leise, dass Verena es nicht hören konnte.

Dann streichelte er mit seiner Zunge über Gesas Hals. Sie genoss es. Vorsichtig legte Lars die Hände auf ihre Hüften und ließ sie langsam nach oben wandern. Sanft und fast bewundernd streichelte er ihre Brüste.

Gesa spörte, wie wohlige Schuurn dör ehrn Liev leepen. Weer dat wohr oder blots een Droom? Se fraagte sik, wie wiet Lars dat Spill wohl drieben wör. Man denn schoov se ehr dösige Gedanken bisiet un nehm sik vör, eenfach dat Nu un Hier to geneeten. Op Enn harr se an disse Avend al dütli mehr vun een Mann kreegen as in de letzten fief Johrn.

Lars Hann harrn nu de böberste Knoop vun ehr Bluus to faten un he keek se fraagend an. Gesa nickkoppte ganz eben. Langsom knöpte Lars de Bluus op. Denn trock he ehr Tittholler ut un gung een Schreed torüch. Gesa seech, dat he de Anblick genot.

Knapp to glöven!

Verena weer hiddelig: „Hem ji mi vergeeten?"

Gesa weer belemmert, as Lars in Richtung vun Verena gung. Nu weer dat Spill vör se al weer vörbi un Verena wur werr de Winner wiel dat se to kort keem.

Lars nehm de Schol vun Verenas Ogen: „Klor dörfst Du tokieken."

Verena leet ehrn Brass friee Loop: „Dat meenst Du doch ni eernst! Du wullt di doch ni mit disse quabbelige Koh tofreeden geeven, wenn du mi hem kannst?"

Ehr Stimm weer schrill. Lars lachte blots un gung trüch to Gesa. Denn dreihte he sik nochmol um na Verena.

Gesa spürte, wie wohlige Schauer durch ihren Körper liefen. Was dies Realität oder nur ein Traum? Sie fragte sich, wie weit Lars dies Spiel wohl treiben würde. Doch dann verdrängte sie ihre trüben Gedanken und beschloss, einfach nur das Hier und Jetzt zu genießen. Schließlich hatte sie an diesem Abend schon deutlich mehr von einem Mann erhalten als in den letzten fünf Jahren.

Lars Hände hatten nun den obersten Knopf ihrer Bluse erreicht und er schaute sie fragend an. Gesa nickte. Langsam knöpfte Lars die Bluse auf. Dann zog er ihren BH aus und ging einen Schritt zurück. Gesa sah, dass er den Anblick genoss.

Unfassbar!

Verena wurde ungeduldig: „Habt ihr mich vergessen?"

Gesa war enttäuscht, als Lars in Verenas Richtung ging. Jetzt war das Spiel für sie wieder vorbei und Verena würde wieder gewinnen, während sie zu kurz kam.

Lars löste den Schal von Verenas Augen: „Natürlich darfst du zuschauen."

Verena ließ ihrer Wut freien Lauf: „Das ist doch nicht dein Ernst! Du willst dich doch nicht mit dieser fetten Kuh zufrieden geben, wenn du mich haben kannst."

Ihre Stimme war schrill. Lars lachte nur und Dann drehte er sich noch einmal zu Verena um.

„Freu di doch: Du dörfst tokieken. Geneet dat!"

He striegelte sinni över Gesas Bost. Sutje bööchte he sik över se un küsste de Spitzen. Gesa stunn vör Överraschung ganz verbiestert dor.

„Entspann Di un fat mi an!", runte Lars ehr to.

Opletzt reageerte Gesa un striegelte över sien Arms. Denn gungen ehr Hannen över Lars Böverliev. Sinnig, meist as wenn se fraagen wor, truck se sien Shirt hoch. Lars nickkoppte. Gesa kreech nu mehr Mood un truck sien Shirt ut. Sees nokelte Böverliever schüürten annanner.

Verena schafuterte: „Lars, Du büst so een Döösbartel. Dat vertell ik dien Mackers un de warrn di utlachen!"

Nu anterte Gesa: „Du schullst mol spickeleern, wokeen utlacht wardt, wenn du disse Geschicht vertellst."

Överrascht markte Gesa, dat ehr dat gefull, een Tokiekersche to hem. Ehr Hannen gungen deeper un se freute sik över Lars sien prompte Reakschion. Dat geev doch noch Mannslüüd, de Lengen na ehr harrn.

Ok Lars Hannen gungen deeper. Denn stunn Gesa nokelt vor em un genot sien Kieken. Mit Trumpf keek se na Verena, de blots noch giftiget Kieken vör se över harr, wieldat Lars se na dat Bett föhrte…

„Freu dich doch: Du darfst zuschauen. Genieße es!"

Er streichelte wieder sanft über Gesas Brüste. Langsam beugte er sich über sie und küsste ihre Spitzen. Gesa stand vor Überraschung starr da.

„Entspann dich und fass mich an!" flüsterte Lars ihr zu.

Endlich reagierte Gesa und streichelte über seine Arme. Dann bewegten sich ihre Hände über Lars Oberkörper. Vorsichtig, fast fragend schob sie sein Shirt hoch. Lars nickte. Gesa wurde nun mutiger und zog ihm das Shirt aus. Ihre nackten Oberkörper rieben aneinander.

Verena zeterte: „Lars, du bist ein kompletter Idiot! Das werd ich deinen Kumpels erzählen und sie werden dich auslachen!"

Nun antworte Gesa: „Du solltest mal darüber nachdenken, wer ausgelacht wird, wenn du diese Geschichte erzählst."

Überrascht stellte Gesa fest, dass es ihr gefiel, eine Zuschauerin zu haben. Ihre Hände wanderten tiefer und sie freute sich über Lars prompte Reaktion. Es gab doch noch Männer, die sie begehrten!

Auch Lars Hände wanderten tiefer. Dann stand Gesa nackt vor ihm und genoss seine Blicke. Triumphierend schaute sie zu Verena, die sie nur noch mit bösen Blicken bedachte, während Lars sie zum Bett führte …

As se vör dat Bett stunn keem Gesa's Unseekerheit trüch. Lars küsste ehr Nack, striegelte mit de Tung över ehr Hals.

„Lech di op de Rüch un kiek in de Speegel. Du büst so smuck!"

„Glööw em keen Woort, Du quabblige Koh!", krieschte Verena dormank.

De Toever weer wech. As een Maschien gung Gesa op dat Bett to un keek in de Speegel, bi dat se verkrampt oppe Rüch leech.

Lars gung na de siegesseker smusternde Verena to. Gesa seech, wie he Verenas Titt striegelte, se inne Mund nehm. Verena stöhnte. Denn kneete Lars sik vör se dal un streek langs dat Tau dör ehr Spalt. Verena trock an ehr Fesseln.

Gesa spörte de Natten mank ehr Been. Se makte de Ogen dicht un striegelte mit de linke Hand ehr Bost, bidat de Rechte mank ehr Been gung. Mit Mol spörte se noch een Hand, de sinni över ehr Liev streek.

„Maak de Ogen op un kiek to. Du büst so smuck."

Gesa makte de Ogen op un seech erstmol röver na Verena, de se mit reine Mordluss anfunkelte. Denn keek se werr in de Speegel un seech, wie Lars sien Hannen ehr Liev striegelten. Gesa genot de Anblick un spörte dat Prickeln op de Huut. Mit Mol much se ehr eegen Liev.

Als sie vor dem Bett stand, kehrte Gesas Unsicherheit wieder zurück. Lars küsste ihren Nacken, streichelte mit seiner Zunge über ihren Hals.

„Leg Dich auf den Rücken und schau in den Spiegel. Du bist so schön!"

„Glaub ihm kein Wort, Du fette Kuh!", kreischte Verena dazwischen.

Der Zauber war verflogen. Mechanisch bewegte Gesa sich auf das Bett zu und schaute in den Spiegel, während sie verkrampft auf dem Rücken lag.

Lars ging auf die siegessicher lächelnde Verena zu. Gesa beobachtete, wie er Verenas Brüste streichelte, sie in den Mund nahm. Verena stöhnte. Dann kniete Lars sich vor sie und strich am Seil entlang durch ihre Spalte. Verena wand sich in ihren Fesseln.

Gesa spürte die Nässe zwischen ihren Beinen. Sie schloss die Augen und streichelte mit der linken Hand ihre Brüste, während die Rechte zwischen ihre Beine wanderte. Plötzlich spürte sie eine weitere Hand, die sanft über ihren Körper streichelte.

„Öffne die Augen und schau zu! Du bist so schön."

Gesa öffnete die Augen, sah zunächst zu Verena hinüber, die Gesa mit purer Mordlust in den Augen anfunkelte. Dann schaute sie wieder in den Spiegel und beobachtete, wie Lars Hände ihren Körper streichelten. Gesa genoss den Anblick, spürte das Prickeln auf der Haut. Sie begann, ihren Körper zu mögen.

Lars küsste ehr Bost, arbeidete sik wieder na nerden, küsste ehr Buuk un spreizte dorbi ehr Böverschenkels mit de Hannen. Gesa geev willi na, stöhnte un makte de Ogen dicht.

Lars kneete middewiel mank ehr Beene.

„Mok de Ogen op, kiek genau hen un geneet dat", seed he.

Gesa meente to dröömen, man dat föhlte sik so real an, wat se in de Speegel seech. Lars spreizte ehr Lippen, so dat Gesa de fochtig-rosa Huut sehn kunn. Noch nümmers harr se sik so sehn.

Denn seech se, wie Lars Achterkopp sik beweechte bi dat he slickte un mit de Fingers in se rin keem. Steerns danzden vor Gesas Ogen. Se stöhnte luut. Langsom keem se hen na ehr Orgasmus. Nu truck Lars de Fingers trüch, man blots dorum, to richti in ehr rintokamen. Gesa spörte, wie he in ehr groot wor, genot dat, wie he an ehr Bost suuchte.

En splitterdull Snuven erinnerte se doran, dat Verena noch ümmer an de Wand fesselt weer un tokieken muss. In de Moment överrollte se een gewaltige Orgasmus.

Korte Tied later löste sik Lars vun ehr, truck sik gau an, greep na sien Ackersnacker un bestellte een Taxi. Gesa weer belemmert.

„Treck Di gau an. Wi mööten los."

72

Lars küsste ihre Brüste, arbeitete sich weiter nach unten, küsste ihren Bauch und spreizte dabei ihre Oberschenkel mit den Händen. Gesa gab willig nach, stöhnte und schloss die Augen. Lars kniete mittlerweile zwischen ihren Beinen.

„Öffne die Augen, schau genau hin und genieße es", sagte er.

Gesa glaubte zu träumen, doch es fühlte sich so real an, was sie im Spiegel sah. Lars spreizte ihre Lippen, so dass Gesa die feuchte rosa Haut sehen konnte. Nie zuvor hatte sie sich so gesehen.

Dann sah sie, wie Lars Hinterkopf sich bewegte, während er sie leckte und mit den Fingern in sie eindrang. Sterne tanzten vor Gesas Augen, sie stöhnte laut. Langsam näherte sie sich ihrem Orgasmus. Jetzt zog Lars die Finger zurück, allerdings nur, um richtig in sie einzudringen. Gesa spürte, wie er in ihr wuchs, genoss, wie er an ihren Brüsten saugte.

Ein empörtes Schnauben erinnerte sie daran, dass Verena noch immer an die Wand gefesselt war und zuschauen musste. In diesem Moment überrollte sie ein heftiger Orgasmus.

Kurze Zeit später löste Lars sich von ihr, zog sich schnell an, griff nach seinem Handy und bestellte ein Taxi. Gesa war enttäuscht.

„Zieh Dich schnell an. Wir müssen gehen!"

Unwillig trock Gesa sik an un leep Lars achterna na dat Taxi, dat vör de Döör stunn. Se heel em fast.

„Wat is mit Verena? Wi kön't ehr doch ni eenfach so trüchlaten!"

„Quäl di ni üm ehr!"

Gesa weer ni tofreeden mit dit Antern. Liekers steech se na Lars in dat Taxi. Se wull ut Bammel vör Verenas Brass ni mit ehr alleen ween un hörte knapp dat Ziel, dat Lars de Taxifohrer angeev. Na korte Tied heel dat Taxi.

„Kumm!", runte Lars Gesa in't Ohr. „Lat uns ahn Tokiekers in min Wahnung wiedermaken."

Verdattert seech se wie Lars de Taxifohrer zweehunnert Euro un een Slötel in de Hand drückte.

„De Fohrt geit ahn uns trüch to de erste Adress. De Slötel passt to een Wahnung in de tweete Etaasch. Dort tööwt een fesselte Fruu op dien Deenst. Mok ehr een mackeli Nach!"

De Taxifohrer haute af mit een Grientje.

Widerwillig zog Gesa sich an und folgte Lars zu dem Taxi, das vor der Tür stand. Sie hielt ihn fest.

„Was ist mit Verena? Wir können sie doch nicht einfach so zurücklassen!"

„Mach Dir keine Sorgen!"

Gesa befriedigte die Antwort nicht, trotzdem stieg sie zu Lars ins Taxi. Sie wollte aus Angst vor Verenas Wut nicht mit ihr allein sein und hörte kaum das Ziel, das Lars dem Taxifahrer angab. Nach kurzer Fahrt hielt das Taxi.

„Komm!" flüsterte Lars Gesa ins Ohr. „Lass uns in meiner Wohnung ohne Zuschauer weitermachen."

Fassungslos sah sie, wie Lars dem Taxifahrer zweihundert Euro und einen Schlüssel in die Hand drückte.

„Die Fahrt geht ohne uns zum Ausgangsort. Der Schlüssel passt zur Wohnung im zweiten Stock. Dort wartet eine gefesselte Frau auf Deine Dienste. Bereite ihr eine angenehme Nacht!"

Der Taxifahrer verschwand mit einem Grinsen.

6 - Bürodroom

Felix weer untofreeden. He haar sik wat Beteret utreekt vun sien Arbeitssteed, mit de he siet'n halve Johr inne Gang weer.

„Een junget, kreativet Unnernehmen söcht…" – so heet dat in de Anzeige. He haar sik as Sachbearbeiter beworben und weer bi de Reklamaschionsafdeelung land't. De heele Dach lang hörte he sik de Besweeren vun untofreedene Kunnen an und keek dorbi in dat muffige Gesich von een Kollech, de mit sien Ärmelschoners eer as een Bookhööler oder Finanzbeamte utseech. Spoß bi de Arbeid dors man wie't schient ni hem. Jede Andüüdung von een Smustergrien makt de Kollech quarki und knurri. De dorbi wiesde Gesichtsutdruck seech ut as een Bulldog.

Un nu töwöte de dösige Telefonkonferenz. Entweder wör dat riekli eentöning warn oder Felix muss werr de Fehlers vun annern utbaden. Felix – de Glückliche. Sien Öllern harrn em wull de verkehrte Nom utsöcht, wieldat he keen Glück harr. Bi interessante smucke Fruuns kun he ni ankomen. Un wat in de Männermagazine öwer Sex schreeven wor, hörte för em ok blots in dat Land vun Phantasie.

Felix harr noch'n beten Tied. Dorum güng he no de Kaffeeautomot. Opputschmiddel weern för de kobende Konferenz levensnotwenni.

6 -Bürotraum

Felix war unzufrieden. Er hatte mehr erwartet von seinem Job, den er vor einem halben Jahr angetreten hatte.

„Ein junges, kreatives Unternehmen sucht …" – so begann die Anzeige. Er hatte sich als Sachbearbeiter beworben und war in der Reklamationsbearbeitung gelandet. Den ganzen Tag lang hörte er Beschwerden unzufriedener Kunden und sah dabei in das muffige Gesicht eines Kollegen, der mit seinen Ärmelschonern eher wie ein Buchhalter oder ein Finanzbeamter wirkte. Spaß bei der Arbeit durfte man anscheinend nicht haben. Jede Andeutung eines Lächelns ließ den Kollegen mürrisch knurren. Mit dem dabei aufgesetzten Gesichtsausdruck wirkte er wie eine Bulldogge.

Und nun wartete diese elende Telefonkonferenz. Es würde entweder gähnend langweilig werden, oder Felix musste wieder die Fehler anderer ausbaden. Felix – der Glückliche. Seine Eltern hatten wohl den falschen Namen ausgesucht, denn er hatte kein Glück. Bei interessanten, attraktiven Frauen konnte er nie landen. Und was in Männermagazinen über Sex geschrieben wurde, gehörte für ihn auch nur in das Land der Fantasie.

Felix hatte noch etwas Zeit, deshalb ging er zum Kaffeeautomaten. Aufputschmittel waren für die anstehende Konferenz lebensnotwendig.

Oppe Flur keem em sien smucke Kollegin Bianca inne Mööt.

Wat för `n Rassewiev: Lange Beene, de in High Heels stoken. Un Hoor bit daal na ehr Achtersten. Felix harr mol ein Flirt versöcht, weer awers ni anhört worn. Se keek eenfach öwer em wech.Vundooch dünkte em, as wenn se em achtersinni totwinkerte. Awer dat weer wull blots Wunschdenken.

Leider keem se em oppe Trüchwech vun de Kafffeeautomot ni mehr in de Mööt. He harr gern bi ehr feine Anblick sien Phantasie speelen laten.As he in sien Büro trüchkeem, weer sien Kollech werr mol utneit. Kloor, de drückte sik vör de Arbeid, wo he blots kunn. In de Moment klingelte dat Telefon. Felix setde sik dal un nehm dat Telefon af.

As he dacht harr, weer de Telefonkonferenz asig drönig. Felix keem ni to Wort, hörte na dat Snacken ahn to verstohn, wat dor secht wor. Dat weer als een pültschernde Achtergrundgeräusch un he harr Möchde ni intoslopen.

Biancas herrliche Liev keem em inne Sinn. He spörte, dat een Hand över sien Böverschenkel striegelte. Dat Gefühl weer wunnerbor real. Wat för een Droom! He smusterte un versöchte de Ogen apen to holn, wiel sien dösige Kolleech jede Moment weer´ trüch komen kunn in´t Büro.

Sin Büx wor suutje opmockt. He verfehrte sik. Dat kunn keen Droom mehr ween .

Auf dem Flur kam ihm seine attraktive Kollegin Bianca entgegen.

Was für ein Rasseweib: lange Beine, die immer in High Heels steckten, und Haare bis zum Hintern. Felix hatte einmal einen Flirtversuch gestartet, war aber nicht erhört worden. Sie ignorierte ihn einfach. Heute schien es ihm, als ob sie ihm schelmisch zuzwinkerte, aber das war wohl nur Wunschdenken.

Leider kam sie ihm auf dem Rückweg vom Kaffeeautomaten nicht mehr entgegen. Er hätte bei dem leckeren Anblick gern seine Fantasie spielen lassen. Als er ins Büro zurück kam, war sein Kollege wieder einmal ausgeflogen. Klar – der drückte sich vor der Arbeit, wo er nur konnte. In diesem Moment klingelte das Telefon. Felix setzte sich und nahm den Hörer ab.

Wie erwartete wurde die Telefonkonferenz unendlich langweilig. Felix kam nicht zu Wort, lauschte dem Gespräch, ohne die Worte zu verstehen. Es war wie ein plätscherndes Hintergrundgeräusch und er hatte Mühe, dabei nicht einzuschlafen.

Biancas herrlicher Körper kam ihm in den Sinn. Er spürte, wie eine Hand über seinen Oberschenkel streichelte. Das Gefühl war wunderbar real. Was für ein Traum! Er lächelte und versuchte seine Augen offen zu halten, denn sein ungeliebter Kollege konnte jeden Moment wieder ins Büro zurückkommen.

Dann wurde seine Hose langsam geöffnet. Er schrak zusammen. Das konnte kein Traum mehr sein.

Bianca kneete ünner de Schrievdisch bi sien Fööt, smusterte em an un wieste em nix to seggn. He smusterte trüch un kun sien Glück knapp glööwen. In de Ogenblick keem sien Kolleech Bulldog inne Ruum un vertrock missmödi sien Gesich, as he seech, dat Felix still smusterte. He seed awer nix, wiel he ni waagte, dat Telefonat to störn.

„Oh, Gott", dach Felix. „Hoffentlich ward he ni wies vun Bianca."

He versöchte, een unbedeelichte Gesich to moken, seed af und to mal „mhm", um to wiesen, dat he an dat Gespräch deelnehm. Denn spörte he Biancas Hannen an sien Böverschenkel. He bewerte een beeten, wuss awers ni, ob he dat afwiesen schull oder ob he dat lever harr, wenn se wiedermokte.

Awers se fraagte em nich. Ehr Hannen keemen höger un Felix spörte, wie sien lüttje Fründ, de he immer leevtallig „de Mönk" nomte, sik vull Vörfreud hochstellte.

De Bulldog weer intwüschen werr deep mank sien Akten un scherte sik ni um Felix. Dorum: Worum ni eenfach geneeten? Dat dünkte em, dach Bianca ok. He spörte, wie ehr Tung sinni sien Schaft striegelte. Binah harr he stöhnt. Nu keem se bi de empfindlige Spitz an un kringelte um se rum mit ehr Tung. Felix wull de Ogen dichtmaken, de drönige Telefon-konferenz ganz vergeeten und sik blots noch dor op konzentreern, wat ünner de Schrievdisch passeerte.

Bianca kniete unter dem Schreibtisch zu seinen Füßen, lächelte ihn an und bedeutete ihm, zu schweigen. Er lächelte zurück und konnte sein Glück kaum fassen. In diesem Moment betrat Kollege Bulldogge den Raum und verzog missmutig das Gesicht, als er Felix lächeln sah. Er schwieg aber, denn er wagte nicht, das Telefonat zu stören.

„Oh Gott", dachte Felix. „Hoffentlich würde er Bianca nicht entdecken."

Er versuchte, ein unbeteiligtes Gesicht zu machen, warf ab und zu mal ein „mhm" ein, um zu zeigen, dass er an dem Gespräch teilnahm. Dann spürte er wieder Biancas Hände auf seinen Oberschenkeln. Er zitterte leicht, wusste nicht, ob er es unterbinden sollte oder aber es lieber hätte, wenn sie weitermachte.

Aber sie fragte ihn nicht. Ihre Hände wanderten höher und Felix spürte, wie sein kleiner Freund, den er immer zärtlich „den Mönch" nannte, sich voller Vorfreude aufrichtete.

Die Bulldogge war inzwischen wieder in ihre Akten vertieft und kümmerte sich nicht um Felix. Warum also nicht einfach genießen? Das schien Bianca auch zu denken. Er spürte, wie ihre Zunge sanft seinen Schaft streichelte. Fast hätte er gestöhnt. Nun hatte sie die empfindliche Spitze erreicht und umkreise sie mit der Zunge. Felix wollte die Augen schließen, die langweilige Telefonkonferenz völlig vergessen und sich nur noch darauf konzentrieren, was unter dem Schreibtisch geschah.

De Bulldog keek hoch: „Probleme? Se reden bi dat Gespreech jo gor ni mit."

Felix schüddelde de Kopp, versöchte sien Gesicht inne Kontroll to holen und schaltete dat Telefon op stumm.

„Ik schall blots tohörn un inne slimmste Fall ingriepen. Avers wie't schient hemm de Kolleegen alns in'n Griff."

Ünner de Disch harr Bianca sien Mönk bi de Wickel. Se striegelte em sinni mit de Hannen, bidat se de Spitz küßte. Denn leet se mit apen Mund em deep ringlieden. Felix weer kort doför, de Beherrschung to verleern. He lechte sien friee Hand in Biancas Nack, dormit se ni nalaten schull und drückte ehr Kopp deeper, so dat se em ganz un gor opnehm.

He harr noch ni markt, dat sien Gespreechspartners lang opholen weern mit dat Telefonoat. Lang wor he dat ni mehr verbargen kön vör de Bulldog, wat ünner sien Schrievdisch afleep. Sweet keem em anne Kopp.

De Himmel meente das good. De Bulldog keek mit mol op de Klock, smeet ganz gau sien Bickbeern tosommen un wünschde `n schönen Fieravend. Knapp harr de Kollech de Döör achter sik dichtmakt, weer dat mit Felix Beherrschung vörbi. He kneep de Ogen dicht, nehm Biancas Kopp in de Hannen to kräfti in ehr Mund to stöten. He stöhnte luud, as he na een poor mal Stöten keen.

Die Bulldogge schaute auf: „Probleme? Sie reden bei dem Gespräch ja gar nicht mit."

Felix schüttelte den Kopf, versuchte die Gesichtszüge unter Kontrolle zu halten und schaltete das Telefon auf stumm.

„Ich soll nur zuhören und im schlimmsten Fall vermittelnd einschreiten. Aber es scheint, als hätte die Kollegin alles im Griff."

Unter dem Tisch hatte Bianca seinen Mönch im Griff. Sie rieb ihn sanft mit den Händen, während sie die Spitze küsste. Dann öffnete sie den Mund und ließ ihn tief hineingleiten. Felix war nahe daran, die Beherrschung zu verlieren. Er legte die freie Hand in Biancas Nacken, damit sie nicht nachließ, und drückte ihren Kopf tiefer, so dass sie ihn vollständig aufnahm.

Er hatte noch nicht bemerkt, dass seine Gesprächspartner das Telefonat längst beendet hatten. Lange würde er nicht mehr vor der Bulldogge verbergen können, was unter seinem Schreibtisch ablief. Schweiß trat ihm auf die Stirn.

Der Himmel war ihm wohlgesonnen: Die Bulldogge schaute plötzlich auf die Uhr, packte blitzschnell ihre Sachen zusammen und wünschte einen schönen Feierabend. Kaum hatte der Kollege die Tür hinter sich geschlossen, war es mit Felix' Beherrschung vorbei. Er schloss die Augen, nahm Biancas Kopf in beide Hände, um kräftig in ihren Mund zu stoßen. Er stöhnte laut, als es ihm nach wenigen Stößen kam.

Ganz un gor beet löhnte he sik in sien Stohl trüch. Ni harr he dacht, dat sowat möchli weer. As he de Ogen opmakte, seech he, wie sien smucke Kollegin ünner de Schrievdisch rut keem. Se griente em an und gung ohne wat do seggen rut.

Erschöpft lehnte er sich in den Stuhl zurück. Nie hätte er gedacht, dass so etwas möglich sei. Als er die Augen öffnete, sah er, wie seine attraktive Kollegin unter dem Schreibtisch hervorkam. Sie grinste ihn an und verließ wortlos den Raum.

7 - Togfahrt

Fladderig twööwde Ellen oppe Bohnhoff. De Nachttog keem je wull to laat. Dat weer kold. Blots een Mann weer noch mit ehr oppe Bohnstiech, de se achterna keek. Nee, se har keen Bang, obschonst se de eenzigen Minschen hier in't Düstern weern. Se kunn de Ogen nich vum eem laten, wiel he se so antrock. Un se weer bang, dat he sik vun ehr belästigt föhlt. He harr sik ümmerhenn kott vörher mit een hardliche Umarmung vun een anner Fruu verafschedet.

Endli keem de Tog! Ellen steech in de Liggewagen, de Fremme gung na de Ingang an't anner Enn von de Wagen. Vör dat Afdeel dreepen se sik werr. He smusterte ehr an und mokte de Döör op. Dat kunn ni ween!

In de Moment keem de Kortenknippser. Ellen seech em fraagend an un geew em ehr Fohrkort.

„Se's Ligg is in düt Afdeel, boben links. Dor is ok een Aflage för Se's Bagasch."

Ellen keek in dat Afdeel un tööwte noch rintogahn. Dat weer warm, de Luff brottig. Wie schull se de Fohrt von Bremen na Basel so öwerstahn? De Böön weer todeckt vun Schoh un de Bagaasch vun de annern Reisende. Dat Afdeel har söss Liggen. De unnern veer weern belecht.

7 – Bahnfahrt

Nervös warte Ellen auf dem Bahnhof. Der Nachtzug schien sich zu verspäten. Es war kalt. Außer ihr befand sich nur ein Mann auf dem Bahnsteig, den sie unablässig beobachtete. Nein, sie fürchtete ihn nicht, obwohl sie die einzigen Menschen hier im Dunkeln waren. Sie konnte die Augen nicht von ihm lassen, weil er so attraktiv war. Und sie fürchtete, dass er sich durch ihre Blicke belästigt fühlte. Schließlich hatte er sich kurz zuvor mit einer herzlichen Umarmung und Küssen von einer anderen Frau verabschiedet.

Endlich kam der Zug. Ellen stieg in den Liegewagen ein, der Fremde wählte den Eingang am anderen Ende des Wagens. Vor dem Abteil trafen sich wieder. Er lächelte sie an und öffnete die Tür. Das konnte nicht sein!

In diesem Moment kam der Zugbegleiter. Ellen wandte sich suchend an ihn und reichte ihm automatisch ihre Fahrkarte.

„Ihre Liege ist in diesem Abteil, oben links. Dort befindet sich auch eine Ablage für ihr Gepäck."

Ellen schaute in das Abteil und zögerte noch, es zu betreten. Es war warm, die Luft stickig. Wie sollte sie die Fahrt von Bremen nach Basel hier überstehen? Der Boden war bedeckt von Schuhen und dem Gepäck der Mitreisenden. Das Abteil enthielt sechs Liegen, die unteren vier waren belegt.

Middewiel keem ehr Bohnstiegbekannte in dat Afdeel und verstaute sien Bagaasch öwer de rechte bölwerste Ligg.

Ellen föhlte sik hölplos, keek na achtern. De Kortenknippser weer verswunnen. Wat wull de Kirl in dit Afdeel? Straks gung se op em to un sä:

„Deit mi leed. Mi dünkt se sünd in't verkehrte Afdeel."

He smusterte ehr an: „Nee bün ik nich. Wie komen se dor op?"

„Düt is een Damenafdeel."

Em kunn man düütlich ansehn, dat he sik Möögte geew, ni to lachen.

„As min lüttje Süster! Genau dat is de Grund, woneem ik se a weer an disse Weekenenn besöken muss – de Lüttje, de ik hüt avend an de Bahnhoff verafscheedet heff. Se weer vör'n Kopp stött, as se mitkreech, dat Liggenwagen jümmers mit Manns- un Frunslüüd dörnanner belecht warn. Wenn Se bi de Fohrkortkoop dorop bestahn harrn, weer dat villicht möglich ween, een Platz in een reine Frunnsafdeel to kriegen. Ik glööw avers ni, dat Se nu noch wesseln könnt. Disse Toch is jümmers Weeken vörut utbokt."

Ellen leet dat Schicksol denn man lopen und kladderte öwer de Leller na baben na ehr Ligg.

Ihre Bahnsteigbekanntschaft betrat mittlerweile das Abteil und verstaute sein Gepäck über der rechten oberen Liege.

Ellen fühlte sich hilflos, schaute sich um. Der Zugbegleiter war inzwischen verschwunden. Was wollte der Mann in diesem Abteil? Mutig trat sie auf ihn zu und sprach ihn an.

„Entschuldigen Sie bitte. Ich glaube, dass Sie sich im Abteil geirrt haben."

Er lächelte sie an: „Nein, habe ich nicht. Wie kommen Sie darauf?"

„Dies ist ein Damenabteil."

Es war ihm deutlich anzusehen, dass er sich bemühte, ein Lachen zu unterdrücken.

„Wie meine kleine Schwester! Das ist genau der Grund, warum ich sie an diesem Wochenende wieder besuchen musste – die Kleine, die ich heute abend am Bahnhof verabschiedet habe. Sie war schockiert, als sie bemerkte, dass Liegewagen grundsätzlich gemischt belegt werden. Wenn sie beim Kauf der Fahrkarte darauf bestanden hätten, wäre es vielleicht möglich gewesen, einen Platz in einem reinen Damenabteil zu erhalten. Ich glaube aber nicht, dass sie noch wechseln können. Dieser Zug ist meist Wochen im Voraus komplett ausgebucht."

Ellen ergab sich in ihr Schicksal und kletterte über die Leiter nach oben zu ihrer Liege.

Denn owerlechde se kort. Schull se bi disse Hitten mit alle Plünnen slapen? Dat weer wull to warm.

Se kroop ünner de Deek un trock sik pinnschieterig ehr Tüüch ut, bet se blots noch mit een T-Shirt und een knappe Ünnerbüx bekleedet weer. Een Röwerkieken na ehr niee Bekanntschaft se ehr, dat de lang ni so scheeneerlich weer. He seet up de Deek un trock sik sutje ut, bit he blots noch enge Boxershorts an harr. Ellen kunn ehr Ogen knapp vun em laten. Wat vun'n Körperbu! Muskeln! Avers ni öwerdreben as bi een Bodybuilder. He smusterte se an, holte twee lüttje Buddeln ut sein Tasch un geev een dorvun an Ellen wieder.

„Hier, nehmen Se. Ohne een Slaapdrunk hölt man dat hier ni ut. Dat warrn Se ok noch leern, wenn Se faken mit disse Tog fohrn."

Ellen keek op dat Etikett. Dat weer Rotwien. He schruvte sien Buddel op un prostete na ehr. Sie owerlechte kott, ob se na een Glas Utkiek holen schull. Man denn makte se dat so has he un drunk een grote Sluuk direkt ut de Buddel. De Wien weer swor un wör ehr gau mööd moken. Se keek na ehr Gegenöver. He harr een Book tofaat un dat schiente, as wenn he ni wieder an een Ünnerholen interesseert weer. Ellen zuckte mit de Schullern, drunk de Rest Wien ut und wickelte sik in ehr Deek. Kort dorna sleep se all.

Dann überlegte sie kurz. Sollte Sie bei dieser Hitze vollständig bekleidet schlafen? Das wäre wohl zu warm.

Sie kroch unter die Decke und zog sich umständlich ihre Kleidung aus, bis sie nur noch mit einem T-Shirt und einem Höschen bekleidet war.Ein Blick zur Seite zeigte ihr, dass ihre neue Bekanntschaft längst nicht so verkrampft war. Er saß auf der Decke und zog sich langsam aus, bis er nur noch mit engen Boxershorts bekleidet war. Ellen konnte die Augen kaum von ihm lassen. Was für ein Körperbau! Muskulös, aber nicht übertrieben wie bei einem Bodybuilder. Er lächelte sie an, holte zwei kleine Flaschen aus seinem Gepäck und reichte eine davon an Ellen weiter.

„Hier nehmen Sie. Ohne einen Schlaftrunk hält man es hier nicht aus. Das werden Sie auch noch lernen, wenn Sie diesen Zug öfter nehmen."

Ellen schaute auf das Etikett. Es war Rotwein. Er schraubte seine Flasche auf und prostete ihr zu. Sie überlegte kurz, ob sie nach einem Glas Ausschau halten sollte. Doch dann tat sie es ihm nach und trank einen großen Schluck direkt aus der Flasche. Der Wein war schwer und würde sie schnell müde machen. Sie schaute zu ihrem Gegenüber. Er war in ein Buch vertieft und schien an einer weiteren Unterhaltung nicht interessiert. Ellen zuckte mit den Schultern, trank den restlichen Wein aus und wickelte sich in ihre Decke ein. Kurze Zeit später schlief sie schon.

Se wuur waak vun een lieset Stöhnen.

Ellen mockte de Ogen op un bruukte eerst een Moment, sik trecht to finnen. Richdi, de weer in de Nachttog!

Sachten keek se sik üm. Dat schiente, as wenn dat Stöhnen vun een vun de Liggen vun ünnen keem. Sinnig wennten sik ehr Ogen an dat Halvdüster. Se bööchde sik na vörn, to beeter kiecken to kön. Ünner ehr leegen twee Liever menknanner verslungen un beweechten sik sutje. Se kunn de knackige Achtersen von een Mann sehn, de sik sachten bewechde awers dorbi kräfti stöttde, bi dat he an de pralle Bost vun de Fründin suuchte. Ellen weer faszineert vun dat Bild un kunn de Ogen ni afwennen.

Dat reechte ehr an. Ehr Hand gung menkte ehr Böverschenkels. Se reef ehrn Lussknüll düchtig un muss dorbi dat Stöhnen unnerdrücken. In blots korte Tied keem se un har Mööchtde, ni luud optoschriegen. Sowat harr se noch ni nich belevt.

Se keek no nerden, und seech, dat dat Poor nix markt harr. Se weern noch jümmers mitnanner beschäftigt und schienten ehrn eegen Höhepunkt ruttotögern.

Ellen harr nuch sehn, föhlte sik schöön mööd. Se makte sik dat op ehr Liggenplatz bequem, to wieder to slopen. Dorbi keek se na ehr Gegenöver. Ganz un gor nockelt seet he dor, harr sien pielhoch opstahnde Piedel inne Hand.

Ein leises Stöhnen weckte sie.

Ellen öffnete die Augen, brauchte erst einmal einen Moment, um sich zurechtzufinden. Richtig, sie war im Nachtzug!

Vorsichtig sah sie sich um. Das Stöhnen schien von einer der Liegen unten zu kommen. Langsam gewöhnten sich ihre Augen an das Halbdunkel. Sie beugte sich vor, um besser sehen zu können. Unter ihr lagen zwei Körper ineinander verschlungen und bewegten sich langsam. Sie konnte den knackigen Hintern eines Mannes sehen, der sich langsam bewegte, aber dabei kräftig stieß, während er an den prallen Brüsten seiner Begleiterin saugte. Ellen war fasziniert von dem Bild, konnte die Augen nicht abwenden.

Es erregte sie. Ihre Hand glitt zwischen ihre Oberschenkel. Sie rieb ihren Lusthügel kräftig und musste dabei das Stöhnen unterdrücken. Innerhalb kürzester Zeit kam sie und sie hatte Mühe, nicht laut aufzuschreien. So etwas hatte sie noch nie erlebt.

Ein Blick auf das Paar unter ihr zeigte ihr, dass die beiden nichts bemerkt hatten. Sie waren noch immer miteinander beschäftigt, schienen ihren eigenen Höhepunkt immer wieder hinauszuzögern.

Ellen hatte genug gesehen, fühlte sich angenehm schläfrig. Sie machte es sich auf ihrem Liegeplatz bequem, um weiter zu schlafen. Dabei fiel ihr Blick auf ihr Gegenüber. Völlig nackt saß er da, seinen hoch aufgerichteten Schwanz in der Hand.

Dat schiente, as wenn he sik dat dor ünnen ok beluuerte. In disse Moment markte he, dat een op em keek. He smusterte na Ellen un nickkoppte ehr to. Dat weer meist een Opforderung vör mehr. Ellen wor root un verkroop sik ünner ehr Deek. He lachte sinngi, reev sein kräftige Sniidel wieder, bi dat he dat Poor ünnen tokeek.

Ellen keek faszineert na em ut ehr Versteck. Sien Ogen keeken wiederhenn no nerden. Likers harr se dat Geföhl, dat he wuss, dat se na em keek. Dat gefull em, wie't schient. Nu mokte he sien Ogen dicht. Sien Gesich weer hochkonzentreert, as tööwte he op wat.

Luudet Stöhnen keem von nerden. In de Moment wurr he ganz stief. Ellen kunn sehn, wi he sien Saft inne Hand sprütte. He makte langsom sien Ogen op, smusterte na ehr röver un wieste ehr sien natte Handflächen. Ellen röhrte sik nich ut ehr Versteck. Korte Tied later lechte he sik hen.

Röök vun Moschus leech inne Luff. Ellen argerte sik över ehr Schneerlichkeit. Avers nu weer dat to laat. So een Gelegenheit weer wull eenmolig in't Leven un se harr se verstriiken laten. Irgendwann sleep se in.

Se dröömte, dat Hannen öwer ehrn Liev striegelten, sinni ehr Bost kneepen. Eener gnabbelte an ehr Ohrläppchen. De Droom weer herrlich real. Ellen tierte sik.

Auch er schien das Geschehen unten zu beobachten. In diesem Moment merkte er, dass er beobachtet wurde. Er lächelte Ellen an, nickte ihr zu. Es schien fast eine Aufforderung für mehr zu sein. Ellen errötete, verkroch sich unter ihre Decke. Er lachte lautlos, reib seinen kräftigen Schwanz weiter, während er das Paar unten beobachtete.

Ellen beobachtete ihn fasziniert aus ihrem Versteck. Seine Augen waren weiterhin nach unten gerichtet. Trotzdem hatte sie das Gefühl, er wusste, dass er beobachtet wurde. Es schien ihm zu gefallen. Nun schloss er die Augen. Sein Gesicht wirkte hochkonzentriert, als würde er auf etwas warten.

Lautes Stöhnen kam nun von unten. In diesem Moment versteifte er sich. Ellen konnte sehen, wie er seinen Saft in seine Hand spritzte. Er öffnete nun langsam die Augen, lächelte zu ihr herüber und zeigte ihr seine feuchten Handflächen. Ellen rührte sich nicht in ihrem Versteck. Kurze Zeit später legte er sich hin.

Moschusduft lag in der Luft. Ellen ärgerte sich über ihre Schüchternheit, aber nun war es zu spät. So eine Gelegenheit war wohl einmalig im Leben und sie hatte sie verstreichen lassen. Irgendwann schlief sie ein.

Sie träumte, dass Hände über ihren Körper streichelten, ihre Brüste sanft neckten. Jemand knabberte an ihren Ohrläppchen. Der Traum war so herrlich real. Ellen rang mit sich.

Wenn se de Ogen opmaken wor, würr disse wunnerschöne Drohm vörbi un se würr sik in de öwerfüllte Liegewagen werr finnen.

De Hannen wurn forscher. Dat kunn keen Droom ween. Ellen kreech de Ogen op. Se weer ni alleen op ehr Ligg. Ehr Gegenöwer smusterte ehr an. Se tuckte trüch, henn un her reten vun ehr Geföhle.

He runte in ehr Ohr: „Du wullt dat doch ok. Lat dat eenfach to un geneet dat. Keen een kann uns sehn."

Ellen entspannte sik. Ehr Opreegen steech an. Sien Hannen gungen ünner ehr T-Shirt, fatden faster to. Se stöhnte liesen. He weer nakelt. Se küßte em, striegelte sien Huut mit de Tung. Toerst vörsichtig, blots denn leet se alle Hemmungen achter sik. De Teene speelten mit sien Bostworten. Em schiente dat to gefalln, denn de Nippels stellten sik op un se spörte sien Prengel, de sik hard an ehr Buuk rev. Vörsichtig keek se na nerden. De möchlichen Tokiekers reechten se op un irriteerten ehr toglieek.

He dreihte sik oppe Rüch, truck se werr sik un de Deek baben öwer. Elle presste ehrn Liev fast an em. He lachte liesen un truck ehr dat T-Shirt öwer de Kopp. Nu harr se blots noch ehr lüttje Ünnerbüx an, de mit de Wiel ganz natt weer. Se wunn sik un wull dat Ding los warrn.

Wenn sie jetzt die Augen öffnete, war dieser wunderschöne Traum vorbei und sie würde sich in dem überfüllten Liegewagen wiederfinden.

Die Hände wurden fordernder. Dies konnte kein Traum sein. Ellen öffnete die Augen. Sie war nicht allein auf ihrer Liege. Ihr Gegenüber lächelte sie an. Sie zuckte zurück, hin und her gerissen von ihren Gefühlen.

Er flüsterte ihr ins Ohr: „Du willst es doch auch. Lass es einfach geschehen und genieße es. Uns kann keiner sehen."

Ellen entspannte sich, ihre Erregung wuchs. Seine Hände wanderten nun unter ihr T-Shirt, packten fester zu. Sie stöhnte leise. Er war nackt. Sie küsste ihn, streichelte seine Haut mit der Zunge. Zunächst vorsichtig, doch dann ließ sie alle Hemmungen hinter sich. Ihre Zähne spielten mit seinen Brustwarzen. Es schien ihm zu gefallen, denn die Nippel stellten sich auf und sie spürte seinen Schwanz, der sich hart an ihrem Bein rieb. Vorsichtig schaute sie nach unten. Die möglichen Zuschauer erregten und irritierten sie gleichzeitig.

Er drehte sich auf den Rücken, zog sie über sich und verbarg ihre Körper unter der Decke. Ellen presste ihren Körper fest an ihn. Er lachte leise und zog ihr das T-Shirt über den Kopf. Nun war sie nur noch mit dem Höschen bekleidet, das inzwischen völlig durchfeuchtet war. Sie wand sich und wollte sich davon befreien.

„Ni so gau, mien Smucke. Wie hem'n Tied. Wenn Du to dull spaddelst, moken wi noch de annern waak."

Sien Hannen ünnersöchten jede Zentimeter vun ehr Huut. Ehr Opregen steech bit to'n Geit ni mehr. Se reev sik an em, spörte de harte, puckernde Piedermann ünner sik. Flink befriete he se vun ehr letzte Kleedungsstück un keem sofort in ehr rin. Ellen stönte liesen, as em hard in sik föhlte.

„Pst, keen Luut, anners hör ik op."

Ellen verkrampte sik, kneep ehr Lippen tosomen. Still leech se dor, bit se sik na'n Tied werr entspannte. Denn fatde de Unbekannte ehr Achterbacken, presste se fast an sik un fung weer an, sik sachten to bewegen. Ellen genot dat un hapde, dat disse Nach ni to enn gung. Man he broch ehr langsam und stüttig na ehr Höhepunkt. As se keem, makte he ehr den Mund dicht mit een Kuss. In de sülbe Moment markte se, wi he in ehr keem. Flau bleeben se mitnanner versmüldet lingen. As se de Mund opmakte to wat seggn, schüttkoppte he. Dicht binanner sleepen se in.

Ellen wakte op, wieldar ehr wat Vertrutes fehlte. Se weer alleen. Harr se blots dröömt, dat se in de Arm vun een Mann inslopen weer? Dann seech se em: He stunn ganz un gor antrocken in't Afdeel, harr de Kuffer in de Hand. He smusterte se an, keem na ehr hen un küsste se to Afscheed.

„Nicht so eilig, meine Schöne. Wir haben Zeit. Wenn Du zu sehr zappelst, wecken wir noch die anderen."

Seine Hände erkundeten jeden Zentimeter ihrer Haut. Ihre Erregung schien ins Unermessliche zu steigen. Sie rieb sich an ihm, spürte seinen harten, pochenden Schwanz unter sich. Geschickt befreite er sie von ihrem letzten Kleidungsstück und drang sofort in sie ein. Ellen stöhnte leise, als sie ihn hart in sich spürte.

„Pst, keinen Ton! Sonst höre ich auf."

Ellen verkrampfte sich, presste die Lippen aufeinander. Still lagen sie dort, bis sie sich nach einiger Zeit wieder entspannte. Dann umfasste der Unbekannte ihre Hinterbacken, presste sie fest an sich und begann sich wieder sanft in ihr zu bewegen. Ellen genoss es und hoffte, dass diese Nacht nie enden würde. Doch er brachte sie langsam aber stetig zum Höhepunkt. Als sie kam, verschloss er ihr den Mund mit einem Kuss. Im selben Moment spürte sie, wie er in ihr kam. Erschöpft blieben sie miteinander verschmolzen liegen. Als sie den Mund öffnete, um etwas zu sagen, schüttelte er nur den Kopf. Aneinander geschmiegt schliefen sie ein.

Ellen erwachte, weil ihr etwas Vertrautes fehlte. Sie war allein. Hatte sie nur geträumt, dass sie in den Armen eines Mannes eingeschlafen war? Dann sah sie ihn: Er stand bereits vollständig angezogen im Abteil, den Koffer in der Hand. Er lächelte sie an, kam auf sie zu und küsste sie zum Abschied.

„Karlsruhe – ik mut utstiegen. Wenn du dat noch mal hem machst: Ich nehm disse Tog alle veertein Daage."

Bi dat weer he verswunnen.

„Karlsruhe – ich muss aussteigen. Wenn Du eine Wiederholung möchtest: Ich nehme diesen Zug alle zwei Wochen."

Mit diesen Worten war er verschwunden.

8 – Lengen

Ik meen, ik kann mi besinnen, dat Dien Huut sik week anföhlt und fein rüückt, dat ich se girn striegeln wurr … un küssen, anne Nack, Dien Schullern. Ik kunn Di inölen und masseern, Dien Bost, Schullern, Buuk, schön sinnig, mol sachte, mol düchtiger. Ik kunn Di eenfach inne Arm holen un wiss lang küssen und dat Geföhl hemm, dat ik Di ni weer loslaten mutt …

Ick wull dien Bost in de Mund nehmen, wüll spörn, wie Dien Knuppen hard warrn. Ik wüll se in de Hand nehmen, dat Runne vun se föhlen, se's Form mit de Fingerspitzen nostriegeln. Ik much dat Schuern spören, dat dör Di geiht, wenn sik een Gräsen op dien Bost lecht. Ik will dat Geföhl noch stärker maken bidat ik Dien Bost ganz sinnig mit Iswürfels beröhren do … wenn ik Di dorbi opstöhnen hörn wor … dat weer dat Grötsde…

Mien von de Iswürfles kole Hannen striegeln Di nu sutje öwer de Buuk, wiel dat ik erst noch Dien Bost küssen do, denn Dien Buuk. Denn deeper, bet dat ich Dien fochtige Steed funnen heff. Ik küss se, ik laat min Tung över se strieken. Mien noch kole Finger krüppt nu een beten in Di rin, wiel dat ik Di wieder küssen do un de anner Hand Dien Bost striegelt und de harden Knuppen verwöhnt.

8 – Sehnsucht

Ich meine mich zu erinnern, dass deine Haut sich weich anfühlt und lecker riecht, dass ich sie jetzt gerne streicheln würde ... und küssen, am Nacken, deine Schultern. Ich könnte dich einölen und massieren, deine Brüste, Schultern, Bauch, schön langsam, mal sachte, mal kräftiger. Ich könnte dich einfach nur in den Armen halten, und vielleicht lange küssen und das Gefühl haben, dich nie wieder loslassen zu müssen ...

Ich will deine Brüste in den Mund nehmen, will spüren, wie deine Knospen hart werden, ich will sie in die Hand nehmen, ihre Rundungen fühlen, ihre Form mit den Fingerspitzen nachstreichen, ich möchte den Schauer spüren, der durch dich geht, wie sich eine Gänsehaut auf deinen Brüsten bildet. Ich will dieses Gefühl verstärken, indem ich deine Brüste ganz leicht mit Eiswürfeln berühre ... wenn ich dich dabei aufstöhnen hören könnte ... es wäre das Größte ...

Meine von den Eiswürfeln kühlen Hände streichen dir jetzt langsam über den Bauch, während ich erst noch deine Brüste küsse, dann deinen Bauch, dann tiefer, bis ich deine feuchte Stelle gefunden habe, ich küsse sie, ich lasse meine Zunge über sie streichen, mein noch kalter Finger dringt nur ein wenig bei dir ein, während ich dich weiter küsse und die andere Hand deine Brüste streichelt und die harten Knospen verwöhnt.

Ick wör Di girn wieder mit de Fingers verföhrn un nu Dien lange Been küssen, erst boben, ok beten an se gnabbeln, sutje wieder no nerden bit na de Knee. Dor much ik mit de Tung över dien Kniekehlen strieken. Wenn Du Di nu oppe Buuk lechst, denn striek ik mit de Tung werr na boben, langs de Böverschenkels över Dien Po, sett mi denn op Dien Been, to Dien Rüch to masseern, Dien Schullern, Dien Po …

Ik striek wieder mit de Fingers vun de eene Hand över de Binnensieden von Dien Böverschenkels, mak se bet utnanner, dormit ik Dien Fochtigkeit föhlen kann. Böhr Dien Becken ´n beten an, glied in Di rin … dat is so warm … al meist hitt. Un so fochtig. De Fingers glieden as vun süllm rin … un rut …

Ik nehm mi de Vibrator un smeer em mit'n beten Creem in, wiel dat ik Dien Po küssen do, de Tung över de Spalt strieken laat… Nu beröhrt de Vibrator Dien fochtige Steed, geit no ni rin. Erst nu schalt ik em an … Ik laat em an de fochtige Steed küsseln, ganz sinnig över Dien Lustperl hen… un jümmers noch verwöhn ik Dien Po… Nu geit de Vibrator ´n beten deeper, blots een beten … und werr rut, werr ´n beten küsselnde Verwöhnbewegungen, nu weer rin, langsom küsselnd, deeper, langsom werr ´n beten rut, denn werr deep rin … Un nu gauer. Mien friee Hand fatet na Dien Bost, masseert se, knüttet se. Min Mund verwöhnt Dien Schenkels, …

Ich würde dich gerne weiter mit den Fingern verführen, und jetzt deine langen Beine küssen, erst oben, auch leicht an ihnen knabbern, langsam weiter hinunter, bis zu den Knien, dort möchte ich mit der Zunge über deine Kniekehlen streichen, wenn du dich nun auf den Bauch legst, dann streiche ich mit der Zunge wieder nach oben, den Oberschenkel entlang, über deinen Po, um mich dann auf deine Beine zu setzen und deinen Rücken zu massieren, deine Schultern, deinen Po ...

Ich streiche wieder mit den Fingern der einen Hand über die Innenseiten deiner Oberschenkel, spreize sie ein wenig, damit ich deine Feuchtigkeit fühlen kann, hebe dein Becken ein wenig an, gleite in dich hinein ... es ist so warm ... schon fast heiß, und so feucht, der Finger gleitet wie von selbst rein ... und raus ...

Ich nehme mir den Vibrator und streiche ihn mit etwas Creme ein, während ich deinen Po küsse, die Zunge über die Spalte streichen lasse ... nun berührt der Vibrator deine feuchte Stelle, dringt noch nicht ein, erst jetzt schalte ich ihn ein ... ich lasse ihn um die feuchte Stelle kreisen, ganz leicht über deine Lustperle hinweg ... und immer noch verwöhne ich auch deinen Po ... jetzt dringt der Vibrator etwas tiefer, nur ein wenig ... und wieder raus, wieder leichte kreisende Verwöhn-Bewegungen, jetzt wieder rein, langsam, kreisend, tiefer, langsam wieder etwas hinaus, dann wieder tief hinein... und jetzt schneller.... meine freie Hand umfasst deine Brust, massiert sie, knetet sie, mein Mund verwöhnt deine

Dien Po, Dien Rüch ... Un de Vibrator masseert Di vun binnen, langsom, küsselnd – gau, hard un dibbernd ...

Ik richt mi achter Di op, beweech de Vibrator noch een beeten, treck em langsom rut ... ganz sachten küsselnd. Laat em op dien Lustperl lingen und kom nu mit de dicke Spaßmoker bi Di rin ... De Vibrator hett gude Arbeid makt. Ik kann so smiedig bi Di rin so deep ... so fochtig büst Du ... Ik beweech mi ... nich eerst sinnig, gliek hau ik em hard rin. Ik spör, wie Du ok sunstwo fochtig warrst, wor Du sweeten deist ... wie Dien Aten gauer geit, wie Du anfangst to hacheln ... Ik slick Dien Sweetperlen vun Dien Rüch ... Wo sööt Sweet smecken kann ... De Vibrator rivt ok an mi un reizt mi, wenn ik korte Tied ut Di rut kom. Denn sack ik weer so deep in Di rin ... Dat Reedschop bringt ok mien lüttje Mann to vibreern ... Hard is he worn ... un mi ward een beten bregenklöterig vör Glück, sowat mit Di beleven to könn ...

Ik mutt mi bet sinniger bewegen ... ni mehr so hard, sunnst kom ik. Un ik will noch ni. Dat is so schön, narnswat mit to verglieken. Ik much mi ewig mit Di op disse Ort und Wies bewegen ... Ik spör, wie das Enn kümmt ... Ik stööt werr hard to, hard un wild, wüll Di nu hörn, wie Du stöhnst, wie Du swor Luff holst, wie Du dal kümmst ... un nu is dat sowiet ...

Schenkel, deinen Po, deinen unteren Rücken... und der Vibrator massiert dich von innen, langsam, kreisend – schnell, hart und fordernd...

Ich richte mich hinter dir auf, bewege den Vibrator noch ein wenig, ziehe ihn langsam hinaus ... ganz langsam, kreisend, lasse ich ihn auf deiner Lustperle liegen und dringe jetzt mit dem großen Kleinen bei dir ein ... der Vibrator hat tolle Arbeit verrichtet, ich komme so geschmeidig in dich hinein, so tief ... so feucht bist du ... ich bewege mich ... nicht erst langsam, sondern gleich fest zustoßend ... ich spüre, wie du auch sonst feucht wirst ... wie du schwitzt ... wie dein Atem schneller geht, wie du anfängst zu keuchen ... ich lecke über die Schweißperlen auf deinem Rücken ... wie süß doch Schweiß schmecken kann ... der Vibrator reibt auch an mir und reizt mich, wenn ich kurz aus dir herauskomme, um dann um so tiefer wieder in dir zu versinken ... das Gerät bringt auch meinen Kleinen zum vibrieren ... hart ist er geworden ... und mir wird ein wenig schwindelig vor Glück, so etwas mit dir erleben zu können ...

Ich muss mich nun ein wenig langsamer bewegen ... nicht mehr so hart, sonst komme ich, und ich will noch nicht, es ist so schön, so unvergleichlich, ich möchte mich ewig mit dir in dieser Art bewegen ... ich spüre, wie das Ende kommt ... ich stoße wieder zu, hart und wild, will dich jetzt hören, wie du stöhnst, wie du schwer atmest, wie du vergehst... und nun ist es soweit ...

deep in Di kom ik. Ik geet mi in Di rin …

Dorbi blivt mi nix anners över, as to tucken … un Di mit de Hannen vun achtern to umfaten, Dien Bost spörn, mien Mund op Dien Nack presst, swor Luff to kriegen un mit de Welt tofreeden … un ik hoop, dat Du mi glieks striegels, de lüttje Mann inne Mund nimmst, an em süchst … nerig, dat dat nochmal passeert…"

tief in dir komme ich, ich ergieße mich in dir ...

dabei bleibt mir nichts anderes übrig, als zu zucken ... und mit den Händen dich von hinten zu umfassen, deine Brüste spüren, meinen Mund auf deinen Nacken gepresst, schwer atmend und mit der Welt zufrieden ... und hoffend, dass du mich gleich streichelst, den Kleinen in den Mund nimmst, an ihm saugst ... gierig es noch einmal geschehen zu lassen ...

9 – Schottische Droom

Isabell weer vergretzt un wull nu ehr Ruh hemm. De letzte Arbeitsdag vör ehr Urlaub weer stuur un asig ween. Achterna harr se sik bannig över de arrogante Verköper be de Koop von een Wechverteller argert. De picklige Bubi wull ehr kloor maken, dat Fruunslüüd een eenfachet, idioten seeker to bedeenendet Reedschop bruukten. Schnickschnack as de Ingaav vun de genaue Koordinaten weer för Fruuns ganz un gor överleidi, wieldat se je ni wüssen, wat dat bedüüd.

Se weer noch to opwöhlt, to in ehr Wahnung gahn. So beslot se eerstmol, in de lüttje Schankstuuv nevenan to Afspannen en Drink to nehmen. Se much disse Krooch vun wegen sien Utwahl an Whisky. De Kröger Tim weer een Geneeter un bo feine Kraam an, wenn ok de meesten von sien Stammkunnen lever Beer un Köm nehmen. Mittewiel harrn de Mannslüüd sik allerdings doran gewöhnt, dat een smucke Frau von Tied to Tied in de Kroog keem un Whisky drunk. Meesttieds leet man ehr in Ruh. De Herrschaften harrn dat Interesse an ehr verloren. Isabell weer froh doröver, wieldat mank de Kunnen keener weer, för de se Interesse harr.

Isabell sette sik an dat Enn vun de Toonbank, packte de frisch köffte Wechverteller ut, to de Bedeenanleitung to lesen und bestellte: „Tim, giff mi man gau een doppelte Laphroaig."

9 – Schottischer Traum

Isabell war wütend und wollte nur noch Ruhe. Der letzte Arbeitstag vor dem Urlaub war anstrengend und unangenehm gewesen. Anschließend hatte sie sich noch über den arroganten Verkäufer beim Kauf eines Navigationsgerätes geärgert. Der picklige Jüngling wollte ihr klar machen, dass Frauen ein einfaches, idiotensicher zu bedienendes Gerät brauchen. Schnickschnack wie die Eingabe der genauen Koordinaten sei für Frauen völlig überflüssig, weil sie ohnehin nicht wüssten, was das bedeutet.

Noch zu aufgewühlt, um sofort in ihre Wohnung zu gehen, beschloss Isabell erst einmal, in der kleinen Eckkneipe nebenan einen Drink zur Entspannung zu nehmen. Sie schätzte diese Kneipe wegen ihrer Auswahl an Whisky. Der Besitzer Tim war ein Genießer und bot diese Köstlichkeiten an, obwohl die meisten seiner Stammkunden Bier und Korn bevorzugten. Inzwischen hatten sich die Männer allerdings daran gewöhnt, dass eine attraktive Frau regelmäßig in ihre Kneipe kam und Whisky trank.Meist wurde sie in Ruhe gelassen. Die Herren hatten das Interesse an ihr verloren. Isabell war froh darüber, denn unter den Kunden des Lokals war niemand, der ihr Interesse geweckt hätte.

Isabell setzte sich an das Ende des Tresens, packte ihr neu erworbenes Navigationsgerät aus, um die Bedienungsanleitung zu lesen, und bestellte: „Tim, gib mir bitte einen doppelten Laphroaig."

Tin griente un bröchte gau wat se bestellt harr. Isabell makte tofreeden de Ogen dicht, as se de eerste Sluuk genot.

„Vigeliensche Smack för een Fruunsminsch!"

„Doran warn jüm Kirls sik gewöhnen mööten. Dat gift ok Frunns, de nich de heele Dag anne Herd hangen, op jemme Trüchkumst töwen un jüm denn utstaffern. Een poor vun uns gahn ok gern mal alleen inne Schankstuv un trinken Whisky."

„Deit mi leed, dat meen ik ni, Laphroaig hett man girn oder man gruult sik. Un Fruuns de em ehren, sünd verdammi raar, ok bi uns in Schottland."

Isabell keek interesseert na de Siet un heel de Luff an. In ehr Liev kribbelte dat. Neben ehr seet een Mann mit Jeans und enget T-Shirt. Dat Tüüch leet up een interessante Körperbuu sluten. He harr gröne Ogen un rode Lockenhoor, de em bit na den Hüften gungen. Isabell muss sik tosomenrieten, dat se ni glieks in de Hoorpracht ringreep, so dull föhlte se sik na em henntrocken.

„Wat ik noch seggen wull: Ik heet Brian."

Se smusterte em an: „Isabell."

De annern Gäste keeken interesseert na se röver.

„Ha, ha, Schotte!", blöckte een vun se.

Tim grinste und brachte schnell das Gewünschte. Isabell schloss zufrieden die Augen, als sie den ersten Schluck Whisky genoss.

„Außergewöhnlicher Geschmack für eine Frau!"

„Daran werdet ihr Kerle euch gewöhnen müssen. Es gibt auch Frauen, die nicht den ganzen Tag am Herd hängen, auf eure Heimkehr warten und euch dann umsorgen. Einige von uns gehen auch gern mal allein in eine Kneipe und trinken Whisky."

„Bitte entschuldige, das meinte ich nicht. Laphroaig liebt man oder man hasst ihn. Und Frauen, die ihn zu schätzen wissen, sind extrem selten, selbst bei uns in Schottland."

Isabell schaute interessiert zur Seite und hielt den Atem an. In ihrem Unterkörper kribbelte es. Neben ihr saß ein Mann in Jeans und engem T-Shirt. Die Kleidung ließ auf einen interessanten Körperbau schließen. Er hatte grüne Augen und rote, lockige Haare, die ihm bis zur Hüfte gingen. Isabell musste sich beherrschen, nicht sofort in diese Haarpracht hineinzugreifen, so sehr fühlte sie sich von ihm angezogen.

„Ich heiße übrigens Brian."

Sie lächelte ihn an: „Isabell."

Die anderen Gäste schauten interessiert zu ihnen hinüber.

„Ha, ha, Schotte!" rief einer von ihnen.

„Dat glööw ik ni. De schööt doch sogor in se's Kilt slaapen un de ni uttrecken. De is ebensowenig Schotte as Du mit Dien Weechverteller umgahn kannst. Heff vun de lütte Lehmann al hört, dat he Di een verkopen muss, bi de man de Koordinaten direkt ingeven kann. As wenn Wieber mit so wat ümgahn kunn!"

Isabells gude Stimmung floog dorvun. Fritz weer also ok dor. Een arrogante, ganz un gor nich smucke, notgeile Sösstigjährige, de stedi versöchte, ehr an de Mors oder an de Titt to faten. Dat harr Weeken duurt, ehr se em klor makt harr, dat he se ignoreern schull. Wenn se sik nu wieder mit Brian unnerheel, wor Fritz dat weer as Opfollerung för alle Mannslüüd ansehn, ehr notostelln. Un denn harr se werr weekenlang keen Ruh in ehr Stammkroog.

Se packte de Poppiern in, drunk ut, betahlte un gung, ohne sik to verafscheeden.

An ehr erste Urlaubsdach weer Isabell an't Lesen un swimmen an de Bodesee. Se genot de Sünn, dat Water und de Wind op de Huut.

Gegen Avend wor se wehmödi. Ehr fehlten de Hannen vun een Mann, de se verwöhnten. Liekers harr se inne letzten Johrn een poor korte Fichelien hatt, avers dor weer keen Mann dorbi ween, de ehr dat geev, wat se bruukte. Se harr genoch Sex, liekers weer se dorbi ni tofreden.

„Das glaub ich nicht. Die sollen doch sogar in ihrem Kilt schlafen und ihn niemals ablegen. Der ist genauso wenig Schotte, wie du mit deinem Navigationsgerät umgehen kannst. Hab schon gehört von dem kleinen Lehmann, dass er dir eins verkaufen musste, in dem man die Koordinaten direkt eingeben kann. Als ob Weiber mir so was umgehen könnten."

Isabells gute Stimmung war verflogen. Fritz war also auch da. Ein arroganter, unattraktiver, notgeiler Sechzigjähriger, der ständig versuchte, ihr an den Hintern oder Busen zu fassen. Nach Wochen hatte sie ihm endlich klar machen können, dass er sie ignorieren sollte. Wenn sie sich jetzt weiter mit Brian unterhielt, würde Fritz das wieder als Aufforderung für alle Männer sehen, ihr nachzustellen. Und dann hätte sie wieder wochenlang keine Ruhe in ihrer Stammkneipe.

Sie packte ihre Unterlagen ein, trank aus, zahlte und ging, ohne sich zu verabschieden.

Ihren ersten Urlaubstag verbrachte Isabell lesend und schwimmend an einem Badesee. Sie genoss Sonne, Wasser und Wind auf der Haut.

Gegen Abend wurde sie wehmütig. Ihr fehlten Männerhände, die sie verwöhnten. Zwar hatte sie in den letzten Jahren einige kurze Affären gehabt, aber es war kein Mann dabei gewesen, der ihr gegeben hatte, was sie brauchte. Sie hatte ausreichend Sex, aber trotzdem stellte es sie nicht zufrieden.

Ehr Liev wull wat anners, aver Isabell wuss ni genau, wat ehr fehlte, wenn se werr mol morgens een untofreeden blanksiets vun een Mann opwaakte.

As se trüch na ehr Wahnung fohrte, nehm se sik vör, sik noch wat Goodes to gönnen. Kort bi de Hand heel se an bi ehrn Whiskyhöker, to ehr Sammlung optofüllen. Ehr weer ni tomoods, noch inne Kroog to gahn un liekers wull se de Avend mit een gute Sluuck to enn gahn laten.

As Isabell rin keem in't Geschäft, hörte se dat sik de Höker inne Nawerruum mit een anner unnerheel. De Stimm keem ehr bekannt vör, avers Isabell wuss ni wokenn se hörte. Kort dornah sweegen se still un de Whiskyhöker keem in de Verkoopsruum, to se to bedeenen. As Isabell sik verafscheetde fraagde he na de Nummer vun ehr Achkersnacker. He wör in de nächste Tied wat Roores leevert kriegen un wull se denn sofort dor vun in Kenntnis setten. Mehr sä he nich.

Bi't Hus ankomen dach Isabell noch een Tied lang doröver na, wokeen's Stimm se wull in de Nawerruum hört harr. De Sünn und dat Bewegen harrn ehr mööd makt. So gung se fröh to Bett un waakte erst laat werr op.

Unner de Bruus överlechte se, wat se mit disse Urlaubsdag anfangen schull. In de Moment wieste ehr dat Piepen von ehr Ackersnacker dat een SMS ankomen weer.

116

Ihr Körper wollte etwas anderes, aber Isabell konnte nicht genau erklären, was ihr fehlte, wenn sie wieder einmal morgens unbefriedigt neben einem Mann aufwachte.

Als sie zurück zu ihrer Wohnung fuhr, beschloss sie, sich noch etwas Gutes zu gönnen. Kurz entschlossen stoppte sie bei ihrem Whiskyhändler, um ihre Sammlung aufzufüllen. Ihr war nicht danach, noch in die Kneipe zu gehen und trotzdem wollte sie den Abend mit einem guten Schluck beschließen.

Als Isabell das Geschäft betrat, hörte sie, dass sich der Besitzer im Nebenraum mit jemandem unterhielt. Die Stimme kam ihr bekannt vor, aber Isabell konnte sie nicht zuordnen.Kurz danach verstummte das Gespräch und der Besitzer kam in den Verkaufsraum, um sie zu bedienen. Als Isabell sich verabschiedete, fragte er sie nach ihrer Handynummer. Er würde in nächster Zeit eine Rarität geliefert bekommen und wolle sie dann sofort darüber informieren. Mehr sagte er nicht.

Zuhause angekommen dachte Isabell noch eine Weile darüber nach, wessen Stimme sie wohl im Nebenraum gehört hätte. Sonne und Bewegung hatten sie müde gemacht. So ging sie früh ins Bett und erwachte spät.

Unter der Dusche überlegte sie, was sie mit diesem Urlaubstag anfangen sollte. In diesem Moment zeigte ihr das Piepen ihres Handys den Empfang einer SMS an.

De Telefonnummer vun de Afsender kennte se ni, aver de Text makte ehr nieschirig:

Wenn Du een Kilt sehn muchst: hüüt namidaag, Klock twee, 51°40'37" N 010°02'30" O.

Schull se antern? Nee! Se wör ni blots sik överraschen laten, man ok de Afsenner överraschen. Bieto muss se denn ni afseggen, wenn se sik dat doch noch anners överlechte. Woso harr de Fremme ehr Telefonnummer?

Isabell keek op de Kort. De Steed weer wie't schient binah fief Kilometer wech von ehr Wahnung in den Wohld. Al jümmers wull se dor mol henn to spazeern, harr dat avers ni schafft, sik optoraffen. Dat weer de Gelegenheit.

Dormit ehr Navers ni alto dull wat markten vun ehr Utfloch, fohrte se mit Fohrrad henn na de Kant vun dat Holt. Denn gung se wieder to Foot.

As se an de angeven Steed keem, stunn se an de Kant vun een Lichtung. Dat weer een freedvulle Platz: Dat Gras weer teemli kort, een Beek leep meern mank dör un Waterjuffern speelten inne Sünn. Een verzauberte Platz. Se kunn liekers nüms een sehn. Harr se doch op de SMS antern schullt?

Isabell keek noch mol genauer henn un dor wor se em wies. Brian stunn blots bekleed mit een Kilt anlehnt an een Boom.

He passte sik vullkamen an de Umgebung an.

Die Telefonnummer des Absenders war ihr unbekannt, aber der Text machte sie neugierig:

Wenn Du einen Kilt sehen möchtest: heute 14 Uhr, 51°40'37" N 010°02'30" O.

Sollte sie antworten? Nein! Sie würde nicht nur sich überraschen lassen, sondern auch den Absender überraschen. Außerdem musste sie dann nicht absagen, wenn sie es sich doch noch anders überlegte. Woher hatte der Unbekannte ihre Telefonnummer?

Isabell schaute auf die Karte. Der Ort schien ungefähr fünf Kilometer von ihrer Wohnung entfernt in einem Wald zu liegen. Schon immer wollte sie dort einmal spazieren gehen, hatte es aber nie geschafft sich aufzuraffen. Das war die Gelegenheit.

Um ihre Nachbarn nicht zu sehr auf ihren Ausflug aufmerksam zu machen, fuhr sie mit dem Fahrrad bis an den Waldrand. Dann ging sie zu Fuß weiter.

Als sie den angegebenen Ort erreichte, stand sie am Rande einer Lichtung. Es war ein friedlicher Ort: Das Gras war relativ kurz, ein Bach floss mitten hindurch und Libellen spielten in der Sonne. Ein verzauberter Ort. Allerdings konnte sie niemanden entdecken. Hätte sie doch auf die SMS antworten müssen?

Isabell schaute noch einmal genauer hin und dann entdeckte sie ihn. Brian stand, nur mit einem Kilt bekleidet, an einen Baum gelehnt.

Er passte sich perfekt der Umgebung an.

Sien rode Hoor harr he to een Zopp tosammenbunnen, dormit em dat ni verraden schull.

Verbiestert bellurte Isabell sik sien Böverliev. De weer perfekt. Denn keem he op se to.

„Fein, dat Du kamen büst. Un ik beed Di: dregt Dien Whisky-Höker ni na, dat he mi Dien Telefonnummer geven hett. Ik wull Di werr dropen. Büst Du hungeri?"

Ja – se weer hungerig, wull sein Liev hier un nu. Ehr Maag wieste ehr bidess an, dat se de heele Dacg noch nix eten harr. He knuurte luud.

Brian lachte kort, küste ehr op de Back un nehm ehr Hand. Denn föhrte he se na een Bunk Steene anne Kant von de Beek. Wie't schient harr he fast dormit reknet, dat se keem. Mank de Steen harr he een Dook utbredt un een Picknik vörbereidt. Twee leere Glös stunnen dor.

Isabell harr allerdings Möögde, sik op dat Utsehn vun dat Eeten to konzentreern. Ehr Blick bleev stedi an Brians nakelde Böverliev hangen. Se fraagte sik, ob he ünner de Kilt ok nakelt weer. Wie't schient kunn Brian ehr Gedanken lesen.

„Ik bün Schotte!", anterte he op ehr ni utspraaken Fraag.

Isabell wull em anfaten, sein Liev spörn un smecken.

Sein rotes Haar hatte er zu einem Zopf zusammengebunden, damit es ihn nicht verriet.

Staunend betrachtete Isabell seinen Oberkörper. Er war perfekt. Dann kam er auf sie zu.

„Schön, dass du gekommen bist. Und nimm dem Whisky Händler bitte nicht übel, dass er mir deine Telefonnummer gegeben hat. Ich wollte dich unbedingt wiedersehen. Bist Du hungrig?"

Ja – sie war hungrig, wollte seinen Körper hier und jetzt. Ihr Magen erinnerte sie allerdings daran, dass sie den ganzen Tag noch nichts gegessen hatte. Er knurrte laut.

Brian lachte kurz, küsste sie auf die Wange und nahm ihre Hand. Dann führte er sie zu einer Gruppe von Steinen am Rande des Bachs. Anscheinend hatte er fest mit ihrem Kommen gerechnet. Zwischen den Steinen hatte er ein Tuch ausgebreitet und ein Picknick vorbereitet. Zwei leere Gläser standen dort.

Isabell hatte allerdings Mühe, sich auf den Anblick des Essens zu konzentrieren. Ihr Blick blieb ständig an Brians nacktem Oberkörper hängen. Sie fragte sich, ob er unter dem Kilt nackt war. Brian schien ihre Gedanken lesen zu können.

„Ich bin Schotte!" beantwortete er ihre unausgesprochene Frage.

Isabell wollte ihn anfassen, seinen Körper spüren und schmecken.

Avers jchtenswat heel ehr dorvon af, neger an em rantogahn. Togliecks schiente de Luff vör Opregen to knistern.

„Kumm, sett Di hier daal. Ik hoop, de Steen sünd ni to hard. Un nu wat Besuuners to Fier vun unse Weddersehn."

Brian kreech een lüttje Buddel bi de Wickel un schenkte wat bersteenfarven Flüssigkeit in de Glöös. Denn nehm he wat Water ut de Beek un maakte de Glöös dormit vull.

„Dat is sachs keen schottische Quellwater, man dat smeckt gud nuch. Op unse Weddersehn, mo chridhe!"

Vun de Whisky kreech Isabell een wohliget Geföhl. Se entspannte sik ´n beten. Denn fung Brian an, se to fodern. Jedetmal beröhrten sien Finger ehr Lippen und striegelten sinnig doröver. Se küsste sien Fingerspitzen, nehm se inne Mund un suuchte doran. As se opeten harrn, nehm Brian ehr bi de Hand.

„Kumm, op Duur sünd de Steen to hard. Wi söken uns een bequemer Steed."

He gung een Stück över de Wisch un breedte denn de Deek ut.

„Sett Di dol. Du büst verspannt. Ik much Di masseeren."

Aber irgend etwas hielt sie davon ab, sich ihm zu nähern.Gleichzeitig schien die Luft vor Erregung zu knistern.

„Komm, setz dich hier her. Ich hoffe, die Steine sind nicht zu hart. Und nun etwas Besonderes zur Feier unseres Wiedersehens."

Brian holte eine kleine Flasche hervor und schenkte eine bernsteinfarbene Flüssigkeit in die Gläser. Dann schöpfte er etwas Wasser aus dem Bach und füllte die Gläser damit auf.

„Es ist zwar kein schottisches Quellwasser, aber es schmeckt gut genug. Auf unser Wiedersehen, mo chridhe!"

Der Whisky verschaffte Isabell ein wohliges Gefühl. Sie entspannte etwas. Dann begann Brian, sie zu füttern. Jedesmal berührten seine Finger ihre Lippen und streichelten sanft darüber. Sie küsste seine Fingerspitzen, nahm sie in den Mund und saugte daran. Als sie aufgegessen hatten, nahm Brian Isabells Hand.

„Komm. Auf Dauer sind die Steine zu hart. Wir suchen uns einen bequemeren Platz."

Er ging ein Stück über die Wiese und breitete dann die Decke aus.

„Setz dich. Du bist verspannt. Ich möchte dich massieren."

Isabell sedte sich op de Deek un markte, wie Brian sik achter se setde.

Sacht striegelten sien Hannen över ehr Schullern. Isabell entspannte sik, genot de Beröhrung von sien Hannen un vergeet jedet Geföhl för de Tied. Se harr sien Hannen ewi op ehr Huut spören mucht.

Denn küsste Brian ehrn Nack. Isabell wagte knapp Luff to holen. Sutje wannerten sein Lippem am ehrn Hals hoch. Opletzt gnabberten he an ehrn Ohrläppchen. Isabells Opregen steech an, man swannte, dat dat to dat Spill hörte, dat se nix maakte, em eenfach maken leet.

Mit een Stöhnen fadte Brian se mit'n mol, truck se an sik ran un leegte da Hannen op ehr Bost. Isabell spörte sien warme, muskulöse Böverliev un genot das Beröhren. Denn dreihte se sik um un küsste em.

Brian geev de Kuss torüch, erst wat sachten, denn ümmer duller. He leet sik op de Rüch fallen un truck Isabell dal to sik. Nu durfs se em endlich beröhren.

Ehr Hannen gungen öwer sien Böverliev. Se spörte wie sien fiene Hoor op sien Huut sik för Opregen hochstellen. Brians Stimm weer heesch.

„Kumm, kiek na, wat ünner de Kilt is!"

Isabell küsste sien Hals, gung mit de Lippen und de Tung langsam deeper. Denn kneete se neben Brian un schov sien Kilt hoch.

Isabell setzte sich auf die Decke und merkte, wie Brian sich hinter sie setzte.

Sanft streichelten seine Hände über ihre Schultern. Isabell entspannte sich, genoß die Berührung seiner Hände und verlor jedes Zeitgefühl. Sie hätte seine Hände ewig auf ihrer Haut spüren mögen.

Dann küsste Brian ihren Nacken. Isabell wagte kaum noch zu atmen. Langsam wanderten seine Lippen an ihrem Hals hoch. Schließlich knabberte er an ihren Ohrläppchen. Isabells Erregung wuchs, aber sie ahnte, dass es zu Spiel gehörte, dass sie passiv blieb, es einfach geschehen ließ.

Mit einem Stöhnen umfasste Brian sie plötzlich, zog sie an sich heran und legte die Hände auf ihre Brüste. Isabell spürte seinen warmen, muskulösen Oberkörper und genoss die Berührung. Dann drehte sie sich um und küsste ihn.

Brian erwiderte ihren Kuss, erst sanft, dann immer fordernder. Er ließ sich auf den Rücken fallen und zog Isabell zu sich herunter. Nun durfte sie ihn endlich berühren.

Ihre Hände wanderten über seinen Oberkörper. Sie spürte, wie sich die kleinen Härchen auf seiner Haut vor Erregung aufstellten. Brians Stimme war heiser.

„Komm, schau nach, was unter dem Kilt ist!"

Isabell küsste seinen Hals, wanderte dann langsam mit Lippen und Zunge tiefer. Dann kniete sie neben Brian und schob den Kilt hoch

Wat se seech, begeisterte ehr. He harr ni to veel versproken, weer ok hier so perfekt buut as sien Böverliev. Isabell spörte, wie se al alleen vun dat Ankieken natt wor. Se beverte vör Lengen as se em anfaadete.

„Ni so gau. Ich bin meist ganz nakelt un du büst noch jümmers antruken."

Brian keem hoch un truck Isabell dat Top ut. Denn lehnte he sik trüch un beluurte ehrn Liev. Jiddelig trock Isabell ehrn Tittholler ut.

„Ni so gau, mo chridhe! Ik will di geneeten."

Mit Smustern striegelte he ehr de Arms, gung över de Schullern no ehr Bost. Sachten beröhrte he se un keek wie sik de Bostworten forts piel opstellten.

Warme Schuur schoten dör Isabell. Se meente, dat se ni länger tööwen kunn un leep utnanner vör Opregen. Brian markte dat. He wooch ehr Titten in sien Hannen un streek sachten mit de Duums over ehr piel hoch stahnde Knuppen. Isabell stöhnte op.

„Treck di ganz ut", runte he ehr in't Ohr.

As se nakelt vör em seet, stunn Brian op un gung poor Schreed torüch.

„Ick wüll di in Ruh ankieken, mo chridhe!"

Langsam gung he um se rum, leet ehr ni ut de Ogen.

Der Anblick begeisterte sie. Er hatte nicht zuviel versprochen, war auch hier so perfekt gebaut wie sein Oberkörper. Isabell spürte, wie sie schon allein vom Anblick nass wurde. Sie zittere vor Verlangen, als sie ihn anfasste

„Nicht so schnell! Ich bin fast ganz nackt und du bist noch immer angezogen."

Brian setzte sich auf und zog Isabell das Top aus. Dann lehnte er sich zurück und betrachtete ihren Körper. Ungeduldig zog Isabell ihren BH aus.

„Nicht so schnell, mo chridhe! Ich will dich genießen."

Lächelnd streichelte er ihre Arme, wanderte dann über die Schultern zu ihren Brüsten. Sanft berührte er sie und beobachtete, wie sich die Brustwarzen sofort aufrichteten.

Warme Schauer durchfuhren Isabell. Sie glaubte, nicht länger warten zu können und zerfloss fast vor Erregung. Brian bemerkte es. Er wog ihre Brüste in seinen Händen und strich leicht mit den Daumen über ihre hoch aufgerichteten Konspen. Isabell stöhnte auf.

„Zieh dich ganz aus!" flüsterte er ihr ins Ohr.

Als sie nackt vor ihm saß, stand Brian auf und ging einige Schritte zurück.

„Ich will Dich ausgiebig betrachten, mo chridhe!"

Langsam umrundete er sie, ließ sie dabei nicht aus den Augen.

Isabell meente, sien Hannen op ehr Huut to spören, so dull weer sien Blick. Na'n Tied keem Brian na ehr trüch un deckte ehr Liev vull mit Küsse.

Isabell greep in sien vullet Lockenhoor un speelte dormit. Se genot dat, wie sien lange Hoor op ehr Huut kiddelten. Denn leet se af vun sien Hoor un fung an, mit ehr Fingerspitzen de Figur von sien Liev natoteeken. As se sien Bostwoort mank de Lippen nehm un doran suuchte, stöhnte he op.

Brian dreihte Isabell oppe Rüch, leegte sik op se, trock ehr Hannen över de Kopp un heel se anne Handgelenke fast. He smusterte se an. Isabell froochte sik, wat nu passeern schull. Mit een kräftige Stött keem he overraschend in se rin. Isabell drängte em in de Mööt, man he bleev ganz kommodig liggen. Achtersinnig keek Brian ehr an.

„Sinnig! We hebbt veel Tied. Oder steihst du op Kirls, de blots ‚rin, rut – fertig' könn?"

Isabell kunn nix seggen, schüttkoppte blots. He bööchte sik to ehr dal un fung an, ehr Bostwoorten mit Tung und Täne to verwöhn'. Ehr Handgelenke heel he wieder fast, so dat se sik nich bewegen kunn. Isabell glööwte nu, vör Opregen utnanner to platzen.

Denn fung Brian an, sik ganz suutje in ehr to bewegen. Isabell stöhnte. Brians Bewegungen wurrn gauer, sien Stöten deeper un kraller.

Isabell glaubte, seine Hände auf ihrer Haut zu spüren, so intensiv war sein Blick. Nach einiger Zeit kam Brian zu ihr zurück und bedeckte ihren Körper mit Küssen.

Isabell griff in sein volles, lockiges Haare und spielte damit. Sie genoss es, wie seine langen Haare auf ihrer Haut kitzelten. Dann ließ sie von seinen Haaren ab und begann, mit ihren Fingerspitzen die Konturen seines Körpers nachzuziehen. Als sie seine Brustwarze zwischen ihre Lippen nahm und daran saugte, stöhnte er auf.

Brian drehte Isabell auf den Rücken, legte sich auf sie, hob ihre Hände über den Kopf und hielt sie an den Handgelenken fest. Er lächelte sie an. Isabell fragte sich, was nun geschehen würde. Mit einem kräftigen Stoß drang er überraschend in sie ein. Isabell drängte sich ihm entgegen, doch er blieb ganz ruhig liegen. Nachdenklich schaute Brian sie an.

„Langsam! Wir haben viel Zeit. Oder stehst Du auf Männer, die nur ‚rein, raus – fertig‘ können?"

Isabell konnte nichts sagen, schüttelte nur den Kopf. Er beugte sich zu ihr hinunter und begann, ihre Brustwarzen mit Zunge und Zähnen zu verwöhnen. Ihre Handgelenke hielt er weiterhin fest, so dass sie sich nicht bewegen konnte. Isabell glaubte, sie müsse vor Verlangen zerspringen.

Dann begann Brian, sich ganz langsam in ihr zu bewegen. Isabell stöhnte. Brians Bewegungen wurden schneller, seine Stöße tiefer und kräftiger.

Isabell wuss, se wurr bald komen, un he leeste dat in ehr Ogen. He heel an, bleev still liggen. Isabell föhlte sik bedrogen um ehr Vergnögen un keek em dösig an.

Brian lachte: „Ik mark al, du hest lang kenn utduuernden Sööten mehr hat. Geneet dat bet to de letzte Sekunn. Wie hebbt Tied!"

Na een poor Minuten fung he werr an, sik sachten in ehr to bewegen. Dat Spill makte he noch'n poor Mol mit ehr. As Isabell markte, dat se't ni länger utholn kunn, smustere he se an, stötde noch deeper in se rin un leet se komen.

Isabell schreechte op un spörte de hitte Wellen, de dör se dörgungen. Irgendwann bleev se ganz un gor kaputt liggen. Na'n Tied makte se de Ogen werr op un keek em an. Se spörte, dat he noch ümmer hard in ehr weer.

„Dat weer wunnerbor!"

„Wi sind noch lang ni fertig", seed Brian und fung an, sik weer suutje in ehr to bewegen.

Na een poor kräftige Stötte fatde he se mit de Arm, rollte sik oppe Rück un trock Isbell op sik.

„Ried mi!", runte he heesch.

Se sette sik op, spörte em deep in sik, leet ehr Becken küsseln. Isabell spörte, wie Brian in ehr gröter wurr.

130

Isabell wusste, sie würde bald kommen, und er las es in ihren Augen. Er hielt inne, blieb still liegen. Isabell fühlte sich um ihr Vergnügen betrogen und schaute ihn missmutig an.

Brian lachte: „Ich merke, du hast lange keinen ausdauernden Liebhaber mehr gehabt. Genieße es und koste es bis zur letzten Sekunde aus. Wir haben Zeit!"

Nach einigen Minuten begann er wieder, sich langsam in ihr zu bewegen. Dieses Spiel machte er noch einige Male mit ihr. Als Isabell glaubte, es nicht länger ertragen zu können, lächelte er sie an, stieß noch tiefer in sie und ließ sie kommen.

Isabell schrie auf und spürte die heißen Wellen, die sie durchfluteten. Irgendwann blieb sie völlig erschöpft liegen. Nach einiger Zeit öffnete sie die Augen wieder und schaute ihn an. Sie spürte, dass er noch immer hart in ihr war.

„Das war wunderbar!"

„Wir sind noch lange nicht fertig!" sagte Brian und begann, sich wieder langsam in ihr zu bewegen.

Nach einigen kräftigen Stößen umfasste er sie mit dem Arm, rollte sich auf den Rücken und zog Isabell auf sich.

„Reite mich!" flüsterte er heiser.

Sie setzte sich auf, spürte ihn tief in sich, ließ ihr Becken kreisen. Isabell spürte, wie Brian in ihr wuchs.

Sien Hannen leggen op ehr Titten und speelten mit se. He striegelte se sinnig mit de Fingerspitzen un fatde se um mit sien Hannen. Denn werr nehm he ehr harte Knuppen mank de Fingers. Afwesselnd reef he se ganz beten un denn kneep he se mit Överraschung.

Isabell leep untnanner vör Jieper. Se spörte, dat ok Brian kort vör sien Höhepunkt weer. Liekers reet se sik tosomen un heel op, sik to bewegen. Mit Geneet smusterte se em an, as een Katt, de de Muus nich wechkamen lett. As Brian werr ruhiger wurr, fung Isabell dat Spill vun Vörn an. Kort vör sien Höhepunkt heel se op mit ehr Bewegen.

„Du büst grusig!", sä Brian.

In de Moment spannte Isabell ehr Beckenmuskeln an. As se em richtig to fat harr, kunn Brians sik nich mehr betömen. He stöhnte, fadte na ehr Hüft mit beide Hannen, börte se'n beten an. Noch een Maal stöttde he deep in se un ladte dorbi af. Isabell reageerte forts op de hitte Flüssigkeit in ehr Liev un kreech noch een gewaltige Orgasmus.

Beet bleeven beide inanner verslungen liggen

Seine Hände lagen auf ihren Brüsten, spielten mit ihnen. Er streichelte sie sanft mit den Fingerspitzen und umfasste sie mit seinen Händen. Dann wieder nahm er ihre harten Knospen zwischen die Finger. Abwechselnd rieb er sanft daran und kniff überraschend hinein.

Isabell zerfloss vor Lust. Sie spürte, dass auch Brian kurz vor dem Höhepunkt war. Trotzdem beherrschte sie sich und hörte auf, sich zu bewegen. Genießerisch lächelte sie ihn an, wie eine Katze, der die Maus nicht mehr entkommen kann. Als Brian sich wieder beruhigt hatte, begann Isabell das Spiel von Neuem. Kurz vor seinem Höhepunkt stoppte sie ihre Bewegungen.

„Du bist grausam!", sagte Brian.

In diesem Moment spannte Isabell ihre Beckenmuskeln an. Als sie ihn fest umschloss, war es um Brians Beherrschung geschehen. Er stöhnte, packte ihre Hüften mit beiden Händen, hob sie etwas. Noch einmal stieß er tief in sie und entlud sich dabei in ihr. Isabell reagierte sofort auf die heiße Flüssigkeit in ihrem Körper und genoss einen weiteren, heftigen Orgasmus.

Erschöpft bleiben beide ineinander verschlungen liegen.

10 – Massaje

Luxusdag – een langet Weekenn leeg vör Linda. An dissen Dünnersdag harr se bet Meddag arbeidet. Nu wull se endlich een Geburtsdagsgeschenk inlösen. De Gutschien för een Entspannungsmassaje harrn ehr Fründinnen ehr geven un ehr anmahnt, nich noch een Johr öller to warrn ehr se sik verwöhnen leet.

Een halvet Johr weer sietdem al rum. Linda harr düchtig arbeitdt un'n Masse anner Utreden funnen, nix för sik sülm to dohn. Se harr jümmers een slechtet Geweeten, wenn se ni arbeiden de un sik blots verwöhnen leet. Uterdem keem se selten to Ruh, föhlte sik jümmers afhetzt un weer op'n Sprung. Linda överlechte al, wat se na de Massaje noch alns erledigen kunn – Wäsche muss noch wuschen warrn un se harr siet ewige Tieden ehr Wahnung ni mehr oprühmt. Dat wurr Tied …

As se in de Massajepraxis keem, düchte dat Linda, as weer se in een ganz anner Welt ankamen. Enn Rüück von Vanille weer in de Luff. Een Stuvensoot palschte liesen un ut versteckte Luutspreker keem Entspannungsmusik. So'n Ruh, de se nich wennt weer, kreech ehr faat.

Een warme Frunnsstimm reet ehr ut ehr Drömme: „Hallo, ik bün Tahibita. Machst wull mit mi kamen?"

Linda nickkoppte un gung achter ehr ran.

10 – Massage

Luxustag – ein ganz langes Wochenende lag vor Linda. An diesem Donnerstag hatte sie bis zum Mittag gearbeitet. Nun würde sie endlich ihr Geburtstagsgeschenk einlösen. Den Gutschein für eine Entspannungsmassage hatten ihre Freundinnen ihr mit der Mahnung überreicht, nicht noch ein Jahr älter zu werden, bevor sie sich verwöhnen ließ.

Ein halbes Jahr war seitdem schon vergangen. Linda hatte viel gearbeitet und zahlreiche andere Ausreden gefunden, nichts für sich selbst zu tun. Sie hatte immer ein schlechtes Gewissen, wenn sie nicht arbeitete und sich nur verwöhnen ließ. Außerdem kam sie selten zur Ruhe, fühlte sich immer gehetzt und war auf dem Sprung. Linda überlegte schon, was sie nach der Massage noch alles erledigen könne – Wäsche musste noch gewaschen werden und sie hatte seit ewiger Zeit ihre Wohnung nicht mehr aufgeräumt. Es wurde Zeit …

Als sie die Massagepraxis betrat, schien es Linda, als sei sie in einer ganz anderen Welt angekommen. Vanilleduft hing in der Luft. Ein Zimmerbrunnen plätscherte leise und aus versteckten Lautsprechern klang Entspannungsmusik. Eine ungewohnte Ruhe umfing Linda.

Eine warme Frauenstimme riss sie aus ihren Träumen: „Hallo, ich bin Tahibita. Magst du mit mir kommen?"

Linda nickte und folgte ihr.

In een grote Ruum mit een Massageliegg bleev Tahibita stahn un wiesde op een Vörhang: „Dor kannst Du Di umtrecken. De Bademantel is för Di. Vun de Umkleedeck geit een Döör na de Bruus. Wenn Du machst, kannst Du vör de Massaje brusen. Denn trecken de Ööle beter in. In de Eck finnst Du een lüttje Bimmel. Bimmel eenfach, wenn Du sowiet büst. Ik kaam denn na Di hen. Laat Di Tied, so veel as Du bruukst. Ik bün de ganze Nameddag för di dor.“

Linda weer baff. Ehr Fründinnen harrn se dor ni op vörbereidt. Se harr dormit rekent, dat de Besöök höchstens na een Stunn toenn ween wör.

Dankbor gung se unner de Bruus. Dat warme Water leet se opleven un wie't schiente spölte dat bieto den ganzen Ballast wech, de se vun ehr Arbeitsdag mitbröcht harr. As Linda in de flauschige Bademantel kroop, föhlte se sik schier un frie von alns. Een beten bang bimmelte se. Man'n korte Tied un Tahibita weer bi ehr.

„Sett Di op de Ligg un vertell mi wat vun Ööl ik nehmen schall.“

Fraagend keek Linda se an: „Ik weet ni, wat nimmt man den so? Söök Du doch een ut, wiel dat Du doch de Spezialistin büst.“

Tahibita gniggerte: „Di schall dat good gahn. Ik kann Di ni vörschrieven, wat vun Ruuch Du de Rest vun de Dach mit Di rumsleepen schaßt.“

In einem geräumigen Raum mit einer Massageliege blieb Tahibita stehen und zeigte auf einen Vorhang: „Dort kannst du dich umziehen. Der Bademantel ist für dich. Von der Umkleidenische führt eine Tür zur Dusche. Wenn du magst, kannst du vor der Behandlung duschen. Dann ziehen die Öle besser ein. In der Nische findest du auch ein Glöckchen. Läute einfach, wenn du soweit bist. Ich komme dann zu dir. Nimm dir aber alle Zeit, die du brauchst. Ich stehe dir den ganzen Nachmittag lang zur Verfügung."

Linda war erstaunt. Ihre Freundinnen hatten sie nicht darauf vorbereitet. Sie hatte damit gerechnet, dass der Besuch spätestens nach einer Stunde beendet sein würde.

Dankbar ging sie unter die Dusche. Das warme Wasser belebte sie und schien gleichzeitig die ganzen Belastungen wegzuspülen, die sie noch von ihrem Arbeitstag mitgebracht hatte. Als Linda in den flauschigen Bademantel schlüpfte, fühlte sie sich sauber und befreit. Zaghaft läutete die das Glöckchen. Innerhalb kurzer Zeit war Tahibita bei ihr.

„Setz dich auf die Liege und sag mir, welches Öl ich verwenden soll!"

Fragend sah Linda sie an: „Ich weiß nicht – was nimmt man denn so? Such du doch eins aus, schließlich bist du die Spezialistin."

Tahibita lachte: „Dir soll es gut gehen. Ich kann dir nicht vorschreiben, welchen Duft du für den Rest des Tages mit dir herumtragen sollst."

„Avers Du weetst doch, wat vun Ööl man för Utspannen nimmt, oder? Min Fründinnen hemm een Entspannungsmassaje för mi bookt. Un Entspannung heff ik nödig."

Tahibita fummelte mank verscheeden lüttje Buddels, sööchte ´n poor ut, stellte se op een Brett un setde sik neven Linda.

„Dat gift do veele Rüüken, mit de man entspannen kann. Ik heff di eenfach mol en Utwahl tosamen stellt un laat Di nu an al snuppern. Un denn sechst Du mi, wat vun een ik nehmen schall. Maak de Ogen dicht!"

Linda konzentreerte sik op dat Rüükte. Enn Ruuch schiente ehr beter as de annere.

Man denn wuss se dat: „Disse is dat!"

„Fein, denn kannst Du dien Ogen werr opmaken. Treck de Bademantel ut un lech Di op de Bank. Is dat warm nuch hier?"

„Ja!"

Linde lechte sik up de Bank un mokte de Ogen dicht. As de erste Drüpp op ehr Rüch full, tuckte se tosamen.

„Is dat Ööl to kold?"

„Nee, ik weer blots `n lütt bet överrascht."

Tahibita leet mehr Ööl op Lindas Rüch drüppen.

„Aber du weißt doch, welches Öl man für Entspannung anwendet, oder? Meine Freundinnen haben eine Entspannungsmassage für mich gebucht. Und Entspannung habe ich wohl nötig."

Tahibita kramte zwischen verschiedenen Fläschchen, wählte einige aus, stellte sie auf ein Brett und setzte sich dann neben Linda.

„Es gibt so viele Düfte, mit denen man entspannen kann. Ich hab einfach mal eine Auswahl zusammengestellt und lass dich nun an allen schnuppern. Und dann sagst du mir, welchen wir nehmen sollen. Schließ die Augen!"

Linda konzentrierte sich auf die Gerüche. Ein Duft schien ihr besser als der andere.

Doch dann wusste sie es: „Dieser ist es!"

„Fein. Dann kannst du die Augen wieder öffnen. Zieh den Bademantel aus und leg dich auf den Bauch. Ist es hier warm genug?"

„Ja."

Linda legte sich auf den Bauch und schloss die Augen. Als der erste Tropfen Öl auf ihrem Rücken landete, zuckte sie zusammen.

„Ist das Öl zu kalt?"

„Nein, ich war nur etwas überrascht."

Tahibita ließ mehr Öl auf Lindas Rücken tropfen.

Denn spörte Linda Tahibitas Hannen, de mit de Massaje bi de Schullern anfungen. Se weern warm un week, fatden avers togliecks fast to.

Linda genot dat un gung in Gadanken de Hannen achteran, de över ehr Rüch wannerten.

Jichtenswann sleep se in.

De Sünn schiente ehr op de Rüch, se hörte dat Ruschen vunne See. Männerhannen striegelten ehr Rüch, gungen daal na ehrn Achtersten.

Linda spörte, dat se dat Gräsen kreech. Dat dee good, von Hannen, de Bescheed wussen, beröhrt to warrn. Linda leet sik ganz un gor vun se föhren.

De Hannen speelten mit ehr, gungen jümmers werr mank ehr Schullern un Po över ehr Rüch. Linda weer op Letzte opreecht, tööwte dorop, dat sik de Hannen endlich mit ehr Spalt afgeeven würrn.

Mitmal passeerte wat Vigelienschet: Een vun de Hannen befummelte ehr Bost an de Siet un Lindas Opregen schoot in een mächtige Orgasmus. Se schreechte, bidat hitte Wellen dör ehr Liev leepen. Denn sleep se in.

As se weer waaken wurr, weer ehr Liev in een warme Deek inwickelt un Tahibita smusterte se an.

„Ick hoff je, de Massaje hett Di good dahn. Bliev man noch een beeten lingen un ruh Di ut.

Dann spürte Linda Tahibitas Hände, die mit der Massage an den Schultern begannen. Sie waren warm und weich, packten aber gleichzeitig fest zu.

Linda genoss es, folgte in Gedanken den Händen, die über ihren Rücken wanderten.

Irgendwann schlief sie ein.

Die Sonne schien auf ihren Rücken, das Meer rauschte. Männerhände streichelten ihren Rücken, wanderten hinunter zu ihrem Po.

Linda spürte, dass sie eine Gänsehaut bekam. Es tat so gut, von wissenden Händen berührt zu werden. Linda gab sich vollkommen ihrer Führung hin.

Die Hände spielten mit ihr, wanderten immer wieder zwischen Schultern und Po über ihren Rücken. Linda war aufs Äußerste erregt, wartete darauf, dass die Hände sich endlich ihrer Spalte widmen würden.

Plötzlich geschah etwas Außergewöhnliches: Eine der Hände berührte ihre Brust seitlich und Lindas Erregung entlud sich in einem heftigen Orgasmus. Sie schrie, während heiße Wellen ihren Körper durchfluteten. Dann schlief sie ein.

Als sie wieder erwachte, war ihr Körper von einer warmen Decke eingehüllt und Tahibita lächelte sie an.

„Ich hoffe, die Massage hat dir gut getan. Bleib noch ein bisschen liegen und ruh dich aus.

Bimmel, wenn Du werr antrucken büst. Denn kaam ik un bring Di na de Utgang."

Verbiestert bleev Linda lingen. Dat gung ehr guood Man wat weer Droom, un wat wohr wesen?

Läute, wenn du wieder angezogen bist. Dann begleite ich dich zum Ausgang."

Verwirrt blieb Linda liegen. Es ging ihr gut. Aber was war Traum und was Realität gewesen?

Togaav

Ich deel mi jüst de Slaapsaal mit söven anner Fruunslüüd un stell mi jüst vör, wat ik mit Di anstellen würr, wenn Du nu her wärs.

Ik würr Di sinnig uttrocken un di överall een opdrücken. Denn mien Johannes mit de Hand masseern, beet he steiht.

Un denn blasen, bet Du mi unne Snuut sprüttest. Bet op wenn Du mi eerst noch vun achern nehmen muschst …

Slaap fein un drööm sööt!

Zugabe

Ich teile mir grad den Schlafsaal mit sieben anderen Frauen und stelle mir grad vor, was ich mit Dir anstellen würde, wenn Du jetzt hier wärst.

Ich würde Dich in aller Ruhe ausziehen und Dich überall küssen. Dann meinen kleinen Freund mit der Hand massieren, bis er steht.

Und dann blasen, bis Du mir in den Mund spritzt. Es sei denn, Du möchtest mich vorher noch von hinten nehmen …

Schlaf schön und träum süß!

Plattdeutsche Wörterbücher

Ab und an fehlen doch mal die Worte… Ich erinnere mich nur an die Diskussion bei der Übersetzung von Schwanz: „Steert is dast, womit de Hund und dat Lamm wackelt, over nix, wat ich twüschen den Been hemm much…"

Herzlichen Dank an Kuddel, Harry, Sönke, Rolf, Werner, Ragnhild, Ines und alle anderen, die mich mit Vokabular unterstützt haben.

Für diejenigen, die hier auch noch unterstützen können: Ich freue mich über E-Mails an post.an@lilly-block.de

Dazu fand ich viele Vokabeln in hilfreichen Online Wörterbüchern, die ich hier zitieren möchte:

Neustädter Schutzengilde, Platt för Plietsche: www.neustaedter-schuetzengilde.de/html/platt_foer.php

Ostfriesische Landschaft www.platt-wb.de

NDR, das plattdeutsche Wörterbuch www.ndr.de/kultur/norddeutsche_sprache/plattdeut sch/woerterbuch101.html

Lightning Source UK Ltd.
Milton Keynes UK
UKHW020054220219
337759UK00010B/1256/P

9 783748 171355